Gerhard Roos

Niemandskind

roos-gerhard-autor.de

Impressum

© 2024 Gerhard Roos
Herstellung und Verlag:
BoD – Books on Demand, Norderstedt

ISBN: 978-3-7597-1307-0

INHALT

Die Dienstreise

So richtig darauf eingestellt hat sich Jürgen Reimann noch nicht, nunmehr häufiger mit der Bahn zu fahren. Einsichtig und vernünftig ist es aber schon, nur noch dort den PKW zu nutzen, wo Bahnreisen unzumutbar umständlich oder allzu zeitraubend gewesen wären. Lediglich die Zuwege zu den beiden in Frage kommenden Bahnhöfen muss er dann mit seinem Dienstwagen erledigen. Zu einem von beiden natürlich, je nachdem, ob er mehr im Osten oder mehr im Westen der Republik eingesetzt wird. An den Bahnhöfen jeweils auch für mehrere Tage zu parken, ist problemlos möglich.

In den Regional- und Fernzügen kann er während der Fahrt recht gut arbeiten. So werden gewisse Unpünktlichkeiten nicht übermäßig problematisch. Durch das in den Zügen recht zuverlässige WLAN-Angebot der Bahngesellschaften ist er erkennbar nicht der Einzige, der mit dem offenen Notebook auf den Knien reist. Das ist natürlich viel effektiver als die verlorene Arbeitszeit durch PKW-Fernreisen.

Insofern hat sein Chef Gunnar Heyer durchaus richtig entschieden, als er seine drei Revisoren, die zum Teil recht weite Reisen durchführen müssen, vorwiegend zu Bahnreisen verpflichtete.

Jürgen hatte nach seinem BWL-Studium zuerst in der Revisionsabteilung eines ziemlich großen norddeutschen Konzerns gearbeitet, war aber dann seinem bisherigen dortigen Vorgesetzten in dessen Selbstständigkeit gefolgt. Dieser hatte festgestellt, dass viele kleinere und mittlere Unternehmen einerseits einen starken Bedarf hätten, Buchführungen und Bilanzen einer sogfältigen regelmäßigen Kontrolle zu unterziehen, sich jedoch andererseits keine eigene volle Arbeitskraft für diese Aufgabe leisten könnten. Zudem würde eine externe Revision neutraler und damit effektiver sein können. So hatte er schnell genügend Kunden gefunden, die zuerst zwei, dann drei Angestellte vollzeitlich ernährten. Einschließlich Dienstwagen und hübscher Immobilie für die Familie Heyer mit ordentlichem Bürobereich der GHR (Gunnar-Heyer-Revision) im ehemaligen Stall dieses Resthofes.

So hat es sich für die nun anstehende Reise in die Hansestadt Wismar ergeben, dass Jürgen statt einer PKW-Fahrtzeit von mindestens drei Stunden, eher aber infolge der Staus bei Hamburg von dreieinhalb, eine Bahnfahrtzeit von viereinhalb Stunden verfügbar ist, in der er bis etwa Hamburg noch einige Dokumentationen erstellt, dann aber reichlich ruhige Zeit zum Nachdenken geschenkt bekommen hat. Deshalb wohl hängt er endlich einmal ungestört mannigfachen Erinnerungen nach.

Vor allem das sanfte, fast lautlose Dahingleiten des ICE von Hamburg bis Schwerin lässt die Gedanken locker schweifen. Dazu kommt, dass in seinem Abteil nur noch ein weiteres älteres Fahrgastpaar Platz genommen hat, das schon gemeinsam eingeschlafen ist, bevor die letzten Ausläufer der Großstadt Hamburg an den Fenstern der Bahn vorbeigeflogen sind. Ruhe am Sonntagnachmittag,

Bildungszeiten

In seiner niedersächsischen Heimatstadt nahe Hamburg hat er als Sohn eines Beamtenehepaars zusammen mit seinen beiden älteren Schwestern eine unkomplizierte und durchaus wohlbehütete Kindheit und Jugend verbringen können. Im Vorstadtviertel, in dem seine Eltern ein hübsches Zweifamilienhaus hatten erwerben können, gab es zu dieser Zeit recht viele junge Menschen in etwa seinem Alter. Gemeinsame Grundschul- und Gymnasialzeiten ließen feste Cliquen wachsen, deren Zusammenhalt ein gutes Übungsfeld für das Erwachsenenleben ermöglichte.

Eine ganz nette Liebelei mit einem der Mädchen seiner Gruppe – harmloses Händchenhalten und Küsschentauschen – ermöglichte einen weiteren wichtigen Lernschritt. Nach dem Abitur war das alles aber sehr schnell vorbei. Zuerst einmal musste die allgemeine Wehrpflicht erfüllt werden. Und dazu kommandierte ihn das Kreiswehrersatzamt weit in den Süden. Nach Fürstenfeldbruck in Bayern. Das war gar nicht so schlecht. Zum Einen lernte er ganz gut eine andere Mentalität als die seines bisherigen Lebensumfelds kennen. Zum Anderen fanden sich auch in Bayern hübsche Mädchen, und eine brachte ihn sogar zielsicher in ihr Bett. Bis auf immerhin einige erotische Erfreulichkeiten blieb das Ganze aber eher unverbindlich und dank gemeinsamen Verantwortungsbewusstseins folgenlos. Als er dann nach Schleswig-Holstein versetzt wurde, löste sich diese Beziehung ohne großes beiderseitiges Bedauern.

Um nach der Bundeswehr sein Studium an einer geeigneten Fachhochschule beginnen zu können, hatte er sich rechtzeitig an den verschiedensten Hochschulstandorten beworben und durch mehrere Zusagen sogar die freie Auswahl. Warum er sich dann in Absprache mit seiner verwitweten Mutter für die Fachhochschule in der Freien und Hansestadt Bremen entschieden hat, ist ihm eigentlich nie so recht klar geworden. Jedoch war diese seine Entscheidung in mehrfacher Hinsicht goldrichtig.

Erstens fand er dort ohne große Anstrengung ein ganz hübsches leeres Studentenappartement hinter einer der beiden breiten Dachgauben eines der größeren alten Häuser in einem der schmalen Sträßchen zum Leibnizplatzpark. So wohnte er mit eigenen Möbeln, außer dem kleinen Küchenblock, in Hochschulnähe, konnte fast durchweg im Grünen bis zum Krankenhaus „Rotes Kreuz" und direkt an diesem vorbei an die Weser spazieren und verfügte über die gesamte etwas altväterliche Infrastruktur der Bremer Neustadt am Buntentorsteinweg.

Zweitens erwies sich sein Studiengang mit durchaus erfreulichen Lehrpersonen besetzt, die recht anspruchsvolle Vorlesungen und Seminare anboten. So schaffte er es schließlich sogar ohne Schwierigkeiten, einen ordentlichen Abschluss in der vorgesehenen Regelstudienzeit zu erwerben.

Drittens zudem – und das war sicherlich das Beste, was ihm passieren konnte – lernte er dort Britta kennen.

Gerade, als er sich intensiv an ihr allererstes Zusammentreffen erinnert, hat der schnelle Zug den Schweriner Bahnhof erreicht, in dem Jürgen nun schnellstens in den Regionalzug nach Wismar umsteigen muss. Also müssen die Rückblicke erst einmal eine Pause ertragen. Doch sofort nach der Abfahrt dieser letzten und zugleich langsamsten Bahn seiner Reise sind die Erinnerungen wieder präsent.

Britta

Er hatte schon fast ein ganzes Jahr in seiner kleinen Wohnung gelebt, da verließ die ältere Dame, die er – und sie auch ihn – bisher immer freundlich gegrüßt hatte, mit Sack und Pack das benachbarte Appartement, das vermutlich mit dem Seinen ziemlich identisch war.

Am folgenden Wochenende war er nach längerer Zeit wieder einmal für zwei Nächte zu Haus, seine Mutter hatte Geburtstag. Als er dann am späten Sonntagabend – kurz vor Mitternacht – müde zu seiner Wohnungstür kam, sah er unter der Eingangstür der vor dem Wochenende noch leeren Nachbarwohnung einen Lichtschein. Also war an diesem Wochenende schon wieder jemand eingezogen.

Dass er mit dieser Vermutung richtig lag, bemerkte er am nächsten Abend, als er nach zwanzig Uhr aus dem Spätseminar nach Hause zurückkehrte. Direkt vor ihm hatte ein Mensch das Haus betreten und stieg nun, etwa fünf Stufen vor ihm, die Treppen bis ins Dachgeschoss hinauf. Bereits aus diesem Blickwinkel sah er deutlich, dass es sich da um eine sichtlich noch recht junge, ziemlich sportliche und auffällig wohlgestaltete weibliche Person handelte.

Während sie die Tür des nun wieder bewohnten Appartements aufschloss, musste er an ihr vorbei und grüßte sie freundlich. Sie hatte ihn wohl gar nicht kommen gehört, fuhr herum und schaute ihm – kurz überrascht, aber dann außerordentlich fröhlich – ins Gesicht. Spontan reichte sie ihm die Hand und grüßte strahlend: „Moin! Ich bin die Britta Hermes. Und du bist wohl der Bewohner der anderen Dachgeschosswohnung?" „Richtig. Und ich heiße Jürgen Reimann. Also dann: auf jedenfalls gute Nachbarschaft." Und schon verschwanden beide in ihren Wohnungen.

Bereits diese erste Begegnung veränderte sein Leben mit einem Schlag. Britta war etwa einen halben Kopf kleiner als er, hatte halblange blonde

Haare, in jeder Wange ein lustiges Grübchen und unglaublich strahlende blaue Augen. Kurz, sie war unverschämt hübsch.

Was bleibt einem jungen Mann, wenn ihn die schöne Nachbarin auf Anhieb so beeindruckt? Er muss sich Gedanken machen, wie er sich ihr erfolgreich nähern kann. Und genau die machte sich Jürgen auch sofort. Das hinderte ihn zwar einige Zeit am Einschlafen, war aber eine außerordentlich angenehme Beschäftigung. Sein Plan war dann verblüffend einfach. Er wollte das Ganze zuerst einmal ganz offen auf sich zukommen lassen.

Das erwies sich schließlich auch als die völlig richtige Entscheidung. Schon am kommenden Tag gab es ein hilfreiches Ereignis. Als er gerade aus der Bibliothek nach Hause kam, begegnete er Britta wieder. Diesmal sogar direkt unten an der Haustür. Sie lachte: „Ach, das trifft sich gut. Ich wollte dich nämlich zu meiner kleinen Einweihungsparty einladen, die am Samstag ab 18 Uhr in meiner

Wohnung steigen soll. Außer uns beiden aus dem Haus kommen dazu noch zwei aus meiner Ausbildungsklasse, Connie und Bert. Wir drei waren eine Lerngruppe im Wohnheim der Pflegeschule. Das sind meine besten Freunde geworden."

„Natürlich komme ich gerne dazu. Danke für die Einladung. Viele mehr als vier Leute kriegt man ja auch in unseren Räumlichkeiten kaum unter. – Pflegeschule? Dann arbeitest du also drüben in der Klinik in der Pflege. Bist du fertig ausgebildet?" „Ja, seit wenigen Tagen. Deshalb mussten wir alle ja raus aus dem Wohnheim. Und ich hatte das Glück, von unserer netten früheren Stationsleitung ihr Appartement angeboten zu bekommen. Die war gerade in Rente gegangen und ist nun endgültig in ihr Heimatdorf bei Syke zurück gezogen, wo sie eh ihre Hauptwohnung hatte."

Inzwischen waren sie miteinander die Treppen nach oben gestiegen. Jürgen verabschiedete sich: „Also nochmals danke. Schlaf nachher gut, und bis morgen." „Wenn du Zeit und Lust hast, kannst du ja *gleich nochmal rüber zu mir kommen. Ich bin nämlich ein ziemlich neugieriges Weib und möchte ganz gern heute schon wissen, woher du kommst, was du arbeitest und ähnliches mehr. Dann ist das am Sonnabend kein Thema mehr, das würde meine Freunde vielleicht auch gar nicht interessieren."*

Dieser Einladung nicht zu folgen wäre das Dümmste gewesen, was dem schockverliebten Studenten Jürgen Reimann hätte passieren dürfen. Natürlich versprach er sofort, nach einer kurzen Abendmahlzeit anzuklopfen. Britta quittierte diese Zusage mit einem Blick, der es ihm heiß und kalt in Einem werden ließ. Während er sein schlichtes Abendbrot vertilgte, versuchte er diesen Blick zu deuten. Das Einzige, was ihm dazu einfiel: Britta musste auch Feuer gefangen haben. Hoffentlich lag er mit seiner Vermutung richtig.

In der Nachbarwohnung staunte er zuerst einmal. In geradezu einmaliger Ausnutzung der bescheidenen Räumlichkeit hatte Britta eine etwas betagte Bettcouch, einen höhenverstellbaren Tisch, zwei

Sessel, deren einer durch eine ebenfalls vorhandene Verstellungstechnik der Höhe auch als Stuhl für den kleinen Schreibtisch dienen konnte, sowie eine Singleküche, deren Raumangebot das der Seinen weit überstieg. Die gehörte aber sicherlich wie seine den Vermietern. Die Nasszelle nebenan dürfte wohl spiegelbildlich die gleiche sein wie die in seiner Nachbarwohnung.

Während sie ihn auf die Couch einlud, setzte sie sich ihm gegenüber auf einen der Sessel. Auf dem Tisch standen schon zwei Gläser und zwei Flaschen Bier. „So, nun erzähl´ mir mal, woher du kommst, was du so machst und was deine Ziele sind.“

Das alles ließ sich schnell berichten. Kurz beschrieb er sein Elternhaus, seine Soldatenzeit und sein nun laufendes Studium. „Was ich danach mit meiner Ausbildung anfangen werde, weiß ich noch nicht so ganz genau; aber wohl im Bereich der Buchführung, der Bilanzplanung oder -prüfung sollte das schon sein. Nun ging das so schnell mit meinem Bericht.

Was liegt näher, als dass auch du ein bisschen von dir erzählst?"

Britta hatte inzwischen für beide das Bier eingeschenkt, nippte kurz an ihrem Glas und nickte. „Das will ich wohl gerne tun. Mein Leben ist nun gar nicht so glatt und gediegen verlaufen wie deins. Geboren bin ich vor knapp einundzwanzig Jahren in Oldenburg in Holstein. Meine Eltern Kai und Gabi Sievers wohnten in Kellenhusen und betrieben dort einen Sportbootverleih. Schon der Vater meines Vaters hatte den in der Nachkriegszeit gegründet, ein Pionier des Ostseetourismus.

Dieser Strandbereich war in der DDR berüchtigt. Zahlreiche Schwimmer und Bootsflüchtlinge sind vom gegenüberliegenden Gebiet rund um Wismar, vor allem vom ,Strand am Schwarzen Busch' der Insel Poel, dorthin ,rüber gemacht', wie das so genannt wurde. Auch von Boltenhagen aus. Nicht umsonst steht am Dahmer Strand nördlich von Kellenhusen der Gedenkstein ,Flucht über die Ostsee'.

Die Bootsmieter wurden stets genau eingewiesen, um nicht über die im Wasser verlaufende Grenze der DDR zu geraten. Die wurde Tag und Nacht peinlich genau überwacht. Von Schiffen mit Bewaffneten. Manchmal musste Vati ein Boot seiner Flotte reparieren und dieses dann ein Stück draußen in und vor der Bucht einige Seemeilen weit zur Probe fahren. Er war auch dabei recht vorsichtig. Keiner kannte das Gebiet so gut wie er.

Weil Mutti dann im Verleih alleine saß, nahm Vati gerne eben mal uns beide Kleinen, meine Zwillingsschwester Sarah und mich, mit zur Probefahrt. Zur Sicherheit trugen wir dann immer spezielle Kleinkinderschwimmwesten. Wir konnten zwar bereits sehr sicher schwimmen, aber Zweijährige kommen halt nicht weit.

Obwohl Vati immer genau auf die Wettervorhersage achtete, wurde ein unerwartetes Wetterphänomen unserer Familie zum Verhängnis. Ausgerechnet als ich mit einem grippalen Infekt zu Hause bleiben musste und Sarah allein mit Vati draußen war, brachte eine von Nordwesten durchbrausende Windhose das leichte Boot irgendwie zum Kentern. Vati wurde dabei so schwer am Kopf verletzt, dass er leblos in seiner Rettungsweste in der Bucht trieb. Sarah aber war und blieb verschwunden.

Die Retter der SAR haben Vatis Leiche Stunden später geborgen. Der Vormann äußerte die Sorge, irgendeine scharfe Kante habe die Weste Sarahs aufgerissen, daher sei die sofort untergegangen und ertrunken. Das Boot war nämlich kieloben in die offene See hinaus getrieben und dort dann auch noch gefunden worden, von Sarah fehlt jedoch bis heute jede Spur, trotz damals intensivster Suche."

Jürgen war stark angerührt von Brittas Bericht. „Das ist doch ein Familientrauma bis zum heutigen Tag." „Nein, wundersamer Weise nicht. Denn unsere Familie hat eine zweite, sehr positive Epoche, die bis heute unser Leben trägt. Mutti wusste nach Vatis Tod sofort, dass sie alleine den Betrieb nicht weiterführen könne. Vatis Eltern waren beide schon früh gestorben und Muttis verwitwete Mutter lebte in *bescheidenen Verhältnissen in Hamburg. Also bot sie das Unternehmen als Ganzes in mehreren Fachzeitschriften zum Verkauf.*

Die ersten Interessenten, die wirklich in Frage kamen, waren ein junges Paar aus der niedersächsischen Wesermarsch. Die Eltern der jungen Frau betrieben an der Weser eine kleine renommierte Bootswerft. Der junge Mann war dort als Bootsbauer ausgebildet worden und von der Tochter des Hauses ,verführt und an Land gezogen' worden, wie er das schmunzelnd auch heute oft noch gern beschreibt.

Wir wissen das. Denn zur Erstbesichtigung waren der Senior- und der Juniorchef der Werft mitgekommen. Und der letztere, Christian Hermes, hat sich sofort in meine hübsche Mutti verliebt. Er ist nur zwei Jahre jünger als sie. Ein Jahr später haben sie geheiratet. Da war ich drei Jahre alt und mein Bruder Dirk schon unterwegs. So bin ich in die Wesermarsch gekommen und zu meinem heutigen Nachnamen.

Papa und Mutti betreiben die alte Werft nur noch als Reparaturbetrieb, sowohl für Holz- als auch für Kunststoffboote. Ihr Gelände an der Weser eignet sich dafür perfekt, für Neubauten hätten sie deftig investieren müssen. Papa ist aber dafür viel zu vorsichtig. Die Werkstatt ist ständig ausgebucht, und wir – inzwischen – vier Geschwister sind auch so stets hervorragend versorgt gewesen. Mein jüngster Bruder Lars ist zwölf."

Die Pension

Vom Büro aus hat Jürgen bereits Tage zuvor in einer Pension Schubert, die in vernünftiger Nähe seines ersten Einsatzortes in Wismar liegt, für einige Nächte ein „Zimmer mit Frühstück" gebucht. Diese Herberge ist eines der typischen großen Ziegelhäuser im Stadtkern. In einer Parallelstraße befindet sich das Büro der gemeinnützigen Organisation, deren Buchhaltung der letzten vier Jahre er einer Prüfung zu unterziehen hat. Anschließend soll er sich mit den Büchern einer Schifffahrtsgesellschaft und dann mit denen einer kleinen aber feinen Möbelmarktkette beschäftigen. Also Arbeit genug.

In der Pension empfängt ihn eine grauhaarige, aber durchaus spannkräftig wirkende Dame, die sich schnell als Eigentümerin des Hauses entpuppt. Sie hat nicht nur alle Bereiche, die Jürgen zugänglich sind, bestens in Schuss, sondern ist auch freundlich und aufmerksam. „Wenn sie heute Abend sonst nichts vorhaben, kommen sie doch auf eine Plauderstunde ins Frühstückszimmer."

Dazu lässt er sich gerne bitten, erhofft er sich doch davon einige Informationen über die ihm bisher völlig unbekannte Stadt, die ihm aber schon sofort recht gut gefällt. Die sichtlich alten Häuser haben die typische Vernachlässigung zu DDR-Zeiten gut überstanden und sind zu einem überraschend großen Anteil bereits wieder in gepflegtem Zustand.

Als er am Abend in den Frühstücksraum kommt, hat er schon den Weg zum Bürogebäude des ersten Kunden abgeschritten und festgestellt, dass er ihn am kommenden Morgen in weniger als fünf Minuten wird bewältigen können. Am größten Tisch des gemütlich eingerichteten Raumes sitzen außer der Pensionswirtin drei Männer unterschiedlichsten Alters und eine junge hochschwangere Frau. Der jüngste der Männer ist eindeutig Kind zumindest eines ostasiatischen Elternteils, und die junge Frau und er gehören sichtlich zusammen. Das bestätigt sich sofort bei der gegenseitigen Vorstellung.

Die beiden älteren Herren sind wie er Pensionsgäste und auch dienstlich in Wismar. Der jüngere Mann und seine schwangere Frau heißen wie die Wirtin: Schubert. Elke und Jürgen Schubert. Sieh an, wieder mal einer mit seinem Vornamen. Die Wirtin erzählt ihm nun, dass sie gerade damit beschäftigt ist, ihre große Wohnung in der Pension mit der erheblich kleineren Wohnung der jungen Generation, die am Stadtrand im Grünen wohnt, zu tauschen. Sie übergibt nun den kleinen aber feinen gastronomischen Betrieb ihren Kindern.

Sie erklärt auch sofort wortreich, dass dies nicht nur die hier anwesenden jungen Leute sind, sondern dass auch noch Jürgens jüngere Schwester Lara mit in den Betrieb einsteigen werde. Jürgen, Elke und Lara wollten die Pension um das Angebot „warme Küche am Abend" erweitern. Elke sei schließlich ausgebildete Köchin. Jürgen sei Hotelfachmann und Lara eigentlich in der Krankenpflege tätig. Das wolle sie auch – zumindest in Teilzeit – hier vorerst weiterhin bleiben. Eine entsprechende Arbeitsstelle in Wismar habe sie bereits gefunden. Noch wohne und arbeite sie in Schwerin, werde aber bald im Nachbarhaus einziehen. Das sei schließlich, als Mietshaus, auch Eigentum der Familie.

In dieser Weise bestens über die Familie Schubert informiert, zudem mit angenehmer Bettschwere durch einen ausgezeichneten Rüdesheimer Rotwein, verzieht sich Jürgen Reimann schließlich freundlich dankend in sein Gästezimmer. Doch liegt er dort noch einige Zeit wach, wieder mit Erinnerungen beschäftigt.

Die Einweihungsparty

Nachdem Jürgen nun auch über die reichlich dramatische Familiengeschichte Brittas aufgeklärt war, schien es ihm geboten, sich zu verabschieden. Die spontan entstandene Vertrautheit zwischen ihr und ihm fühlte sich wunderbar an, aber dabei wollte er es jetzt erst einmal bewenden lassen. So konnte er ganz unbeschwert am Abend des kommenden Samstags an der Party teilnehmen.

Die Freunde der Gastgeberin, Cornelia genannt Connie und Berthold genannt Bert, waren nicht nur ihre Kollegen, sondern auch offensichtlich ein Liebespaar. Als sie sofort, noch stehend, begeistert von ihrer neuen – gemeinsamen – Wohnung berichteten, gab es daran keinen Zweifel mehr. Sie setzten sich auch gleich auf die Bettcouch eng zueinander. So kam Jürgen auf dem zweiten Sessel direkt neben Britta unter. Das ließ sich durchaus genießen.

Die Gespräche befassten sich naturgemäß außer mit den neuen Wohnungen ausschließlich mit der Arbeit in der Klinik. Für Jürgen hatte das den besonderen Vorteil, dass er fast durchweg den schweigsamen Zuhörer und Beobachter spielen konnte. Und eine Menge über seine neue Nachbarin, ihre Einstellung zu ihrem Beruf und ihre deutliche Zugewandtheit zu den Patienten erfuhr. Das Gesamtbild dieser jungen Frau wurde immer erfreulicher. Im Stillen fasste er seine Eindrücke so zusammen: die innere Schönheit dieses Mädchens entsprach total der äußeren.

Britta hatte, wie schon am Vorabend, für ein gutes Bier gesorgt, außerdem Schnittchen und andere Snacks vorbereitet, die sich alle vier während der munteren Gespräche durchaus schmecken ließen. Da sie alle am nächsten Tag, dem Sonntag, nicht zur Arbeit mussten, war es dann doch fast Mitternacht geworden, bis sich Connie und Bert verabschiedeten. Wortlos half Jürgen daraufhin der Gastgeberin, den Tisch abzuräumen, einen schnellen Abwasch an ihrer praktischen Küchentheke zu erledigen und ihrer Anweisung entsprechend den Tisch und die Sessel für die Nacht beiseite zu rücken.

Als er sich nun anschickte, in seine Wohnung zu gehen und einige Dankesworte äußerte, stellte sich Britta mit dem Rücken an die Tür, schaute ihm tief in die Augen und fragte: „Du willst mich also wirklich für den Rest der Nacht alleine lassen?" Er lachte leise. „Wenn´s nicht sein muss, natürlich nicht" und nahm sie behutsam in die Arme. Der erste Kuss fiel dann aber erheblich weniger behutsam aus. „Nun hilf mir auch noch, das Bett zu bauen." Schnell hatten sie die Couch breit gezogen, aus dem Kasten das Bettzeug geholt und ein behagliches Nest geschaffen.

In wehmütiger Erinnerung an diese ihre leidenschaftliche erste gemeinsame Nacht ist Jürgen nun doch im Wismarer Pensionszimmer endlich eingeschlafen.

Die Kunden

Im Büro der gemeinnützigen Organisation erwartet ihn eine etwa fünfzigjährige Angestellte, die sich schnell als eine Art „Mädchen für alles" erweist. Sie hat nicht nur die Kontenbücher und deren Belegordner systematisch bereitgestellt, sondern kann ihm auch die eine oder andere wichtige Information zu fraglichen Buchungen geben. Etwas erstaunt ist er, dass sich dieser Verband noch gar keine Mühe gegeben hat, die inzwischen schon längst ausgereiften digitalen Buchführungssysteme daraufhin zu prüfen, welche ihren Aufgaben am besten würde dienen können.

Aber auch nach seiner kritischen Anfrage danach hat die Angestellte eine schnelle Reaktion organisiert. Bereits an seinem dritten und mit Sicherheit letzten Revisionstag in diesem Büro steht am Morgen gegen neun Uhr plötzlich ein würdiger älterer Herr bereit, entsprechende Möglichkeiten mit ihm zu besprechen. Er erweist sich als der Kassenwart. Bereits bei seiner Selbstvorstellung erfährt Jürgen, dass dieser freundliche Mann der Seniorchef eines Wismarer mittelständischen Handwerksbetriebs mit immerhin zweiunddreißig vollzeitbeschäftigten Mitarbeitern ist, der die Vorstandsarbeit im Ehrenamt leistet „genau wie auch alle anderen vier Vorstandsmitglieder".

Sofort ist er von allen dreien der von Jürgen vorgeführten neuen Buchungsprogrammen hellauf begeistert. Er notiert sich die Adressen der Websites und gesteht grinsend, dass er sicherlich auch in seinem Betrieb schnellstens ein solches Buchungssystem einführen werde. Verwundert schüttelt er den Kopf. „Komisch, dass meine sonst so modernen Söhne noch nicht an sowas gedacht haben."

Der vierte und der fünfte Tag verlaufen völlig anders. Sowohl die Schifffahrtsgesellschaft als auch der kleine Möbelkonzern arbeiten schon länger mit hochmodernen Buchungssystemen. Da sind die Revisionen ein Kinderspiel, weil Jürgen seine

Fehlersuchsoftware problemlos darüber laufen lassen kann.

Die ersten drei Abende verbringt er mit Spaziergängen durch die schöne Stadt, einer Hafenrundfahrt und einer Tour mit einem Mietfahrrad auf die Insel Poel. Hier besucht er den „Strand am Schwarzen Busch". Er sitzt lange, sehr lange auf einer der dort verankerten Bänke, schaut auf die breite Bucht hinaus Richtung Schleswig-Holstein und verliert sich wieder in seinen Erinnerungen.

Die Wohnungsanpassung

Es war am Sonntagmorgen schon recht spät geworden, als Jürgen erwachte. Britta schien noch fest zu schlafen, zumindest waren ihre Augen geschlossen und ihr Atem langsam und flach. So genoss er die Betrachtung ihres Gesichts, aus dem sogar beim Schlaf die Grübchen nicht verschwunden waren. Und spürte das ganze herrliche Menschenkind an sich geschmiegt. Langsam kam sie zu sich, öffnete die Augen und murmelte: „Das möchte ich immer so haben. Mein ganzes Leben lang."

Nach einer letzten ausgiebigen Schmuserei rollte sie sich von der Schlafcouch, schlüpfte in sein auf dem Boden liegendes Flanellhemd mit den kurzen Ärmeln, ließ es vorne offen und begann in diesem drollig aufreizenden Outfit an ihrer Küchentheke ein Frühstück vorzubereiten. Jürgen, der sich auch aufgesetzt hatte, fragte: „Warum hast du mein Hemd übergezogen?" Sie lachte. „Weil das so herrlich nach dir duftet." Die Sommerwärme machte es dann möglich, dass er ganz ohne Kleidung und sie weiterhin in seinem offenen Hemd am Tischchen saßen und frühstückten.

„Ich will dir einen Vorschlag machen." Jürgen wollte diese Zweisamkeit auch immer so haben. „Meine Schlafcouch ist erheblich besser gepolstert als dein Altertum und im ausgezogenen Zustand auch ein bisschen breiter. Wir verlegen unser Schlafzimmer in meine Wohnung. Und nutzen meine Nasszelle gemeinsam. Mein Tischchen drüben kann mit meinem Stuhl mein Schreibtisch für die bisweilen nötige Heimarbeit bleiben. Und hier wird gemütlich gewohnt und die Ernährung organisiert. Deine Küche ist viel besser als meine." Britta nickte nur.

Um nun den kleinen Umzug hin und her durchführen zu können, ging es erst einmal gemeinsam unter Brittas Dusche und dann sofort – sittsam bekleidet – an die Räumerei. Immer einmal wieder mussten sie die Arbeiten unterbrechen. Jürgen wollte Brittas Grübchen küssen und sie seinen Duft genießen. Schließlich war alles gerichtet. So sparten sie sich ab sofort die tägliche Umrüsterei ihrer jeweiligen Einrichtung und lebten ohne großen Aufwand richtig zusammen.

Ihr erster gemeinsamer Ausflug führte sie zu Brittas Familie. Ihrer Mutter Gabi sah man ihre zweiundvierzig Lebensjahre gar nicht an. Und von wem Britta ihre Grübchen geerbt hatte, erschloss sich Jürgen nun auch. Der Bootsbauer Christian Hermes wirkte ebenfalls jung und spannkräftig. Er war ja auch erst vierzig Jahre alt. Beide begegneten dem neuen Gefährten der Tochter des Hauses offen und herzlich. Und die drei Buben fanden es durchaus spannend, ein neues Familienmitglied zu bekommen.

Die nächste Reise hatte dann die Familie Reimann zum Ziel. Jürgens Mutter und auch seine beiden Schwestern mit ihren Familien betrachteten zuerst einmal ausführlich die hübsche Britta, erfragten dann allerlei Einzelheiten ihres Lebens und hatten sie schließlich schon nach wenigen Stunden herzlich lieb gewonnen.

Dass Jürgen nun mit großem Eifer die Regelstudienzeit einzuhalten trachtete, war Britta und ihm mehr als selbstverständlich. Spätestens nach seinem Examen sollte schließlich geheiratet werden.

Auf Wiedersehen, Wismar

Freitagnachmittag um sechzehn Uhr und vier Minuten geht Jürgens Zug Richtung Heimat. So gefällt es ihm ganz gut, dass Mutter Schubert ihn am Donnerstag nach seiner Rückkehr vom Fischimbiss wieder zu einem Plauderstündchen in das Frühstückszimmer lädt. Vorerst sind beide allein. „Sie werden sich Gedanken gemacht haben, ob ich meinen Jürgen einer Beziehung zu einem ostasiatischen Mann verdanke. So ist das aber nicht.

Mein Mann Frank und ich konnten keine Kinder bekommen. Zur damaligen DDR-Zeit wurde da nicht lange medizinisch herum gekaspert sondern schnell ein Adoptionsantrag gestellt. Bereits im dritten Jahr nach unserer Heirat bot uns das ‚Referat Jugendhilfe' einen kleinen Jungen an, den eine blutjunge Thailänderin von irgendeinem deutschen fremdgehenden Familienvater fabriziert bekommen hatte, der ganz offensichtlich kein bisschen Verantwortungsgefühl besaß. Das Mädchen war wohl rettungslos überfordert. Der Junge war gerade neun Tage alt, als wir ihn bekommen haben. Wir nannten ihn Jürgen und haben mit ihm einen hervorragenden Fang gemacht.

Ich bin noch heute verwundert, dass uns die ‚Jugendhilfekommission' überhaupt für würdig befunden hatte, Adoptiveltern zu werden. Für solche waren nämlich die Vorbedingungen, dass sie die Erfüllung aller ‚Anforderungen des DDR-Staats an die Kindererziehung' sicherstellen mussten. Man hatte unbedingt ‚die Sicherung der elementaren Grundbedürfnisse zusammen mit der Erfüllung des sozialistischen Erziehungsziels' zu gewährleisten. Demzufolge mussten die Annehmenden auch eine konforme politisch-ideologische Grundhaltung an den Tag legen.

Wie die das wohl bei uns festgestellt haben? Ich denke, unser besonderes Glück war, dass ein Kommissionsmitglied ein Arbeitskollege meines Mannes war, der dann wohl die Behauptung aufgestellt hatte, bei uns sei alles das in bester

Ordnung. Und wohl kein Stasi-IM hatte uns beobachtet. Genau weiß ich es aber nicht.

Ebenso ein Glücksgriff wurde dann unsere Zweite. Lara ist sowas wie ein Findelkind gewesen. Viel über diesen Vorgang des Auffindens und Einzelheiten über ihre Herkunft wissen wir nicht. Das ‚Referat Jugendhilfe der Hansestadt Wismar' musste sogar ein fiktives Geburtsdatum schätzen und für sie eine Geburtsurkunde ausstellen, in der direkt ‚Schubert' als Nachname steht. Ihren Vornamen ‚Lara' wusste sie selbst. Sie wurde zum Zeitpunkt ihrer Aufnahme in unsere Familie auf gut zwei Jahre geschätzt. So wurde ein Fantasietag als ihr Geburtsdatum festgesetzt. Ob der wohl in Etwa stimmt? Anders als bei unserem Jürgen war nicht einmal eine gerichtliche ‚Ersetzung der Einwilligung' erforderlich, es gab ja weder eine bekannte Mutter noch einen solchen Vater. Lara war ein Niemandskind."

Als dann Jürgen Schubert und seine schwangere Elke wieder dazu stoßen, geschieht etwas sehr

Erstaunliches. Beide jungen Leute verwenden ohne irgendeine Förmlichkeit oder Absprache plötzlich Jürgen gegenüber das vertraute „du". So bricht auch er sich keine Verzierung ab und erwidert diese Anrede ohne zu zögern.

Er hat auch Einiges zu berichten. Sowohl durch den Kassierer des gemeinnützigen Verbands als auch durch den Kunden, bei dem er an diesem Donnerstag gearbeitet hat, sind ihm einige Neukunden zugeführt worden. „Wenn ich also von unserem Chef wieder nach hier geschickt werde, habt ihr mich wohl ziemlich lange am Stück als Gast. Obwohl meine Frau nicht mehr lebt, sind unsere beiden Töchter bei meinen Schwiegereltern so ausgezeichnet aufgehoben, dass ich trotzdem das eine oder andere Wochenende weg von der Heimat verbringen kann." „Ach", und nun duzt ihn Mutter Schubert auch, „du bist verwitwet? Das ist aber ein trauriger Umstand. Wann ist deine Frau gestorben?" „Der Unfall ist vor jetzt fast genau zwei Jahren passiert. Sie war wohl sofort tot."

Mehr Fragen stellen will die Familie Schubert nun nicht. Alle drei sind zu unsicher, ob er über diese Geschichte reden möchte. Zudem verzieht Elke plötzlich ihr Gesicht. „Auweh, ich glaube, das war eine Wehe!" Diese Sache ist natürlich eine intime Familienangelegenheit der Schuberts. Da versteht sich von selbst, dass sich Jürgen sofort höflich zur Nachtruhe verabschiedet.

Glückszeiten

Über die bösen Ereignisse der letzten Jahre will Jürgen aber in seinem Pensionsbett gar nicht nachdenken. Die erfreulichen Erinnerungen sind ihm schließlich erheblich lieber. *So zum Beispiel an die beiden Jahre, in denen Britta und er ihre originelle Doppelwohnung bevölkert, sich bis zur Erschöpfung immer wieder geliebt und in vielen vertrauten Stunden ihr gegenwärtiges und dann auch zukünftiges Leben durchgesprochen haben. Schon vier Monate vor seinem Bachelor-Examen haben sie schließlich geheiratet. Seine nunmehr Ehefrau und er beendeten am selben Abend ihre Verhütungspraxis.*

Seine Prüfung verlief völlig problemlos. Angesichts der Schwangerschaft Brittas, die ihr einige Beschwernis auferlegte, verzichteten sie auf eine denkbare Feier. Eine große Entlastung stellte dar, dass zu dieser Zeit bereits fest stand, wo er würde arbeiten können. Papa Christian hatte seine guten Geschäftsbeziehungen genutzt und ihn in einem weltweit handelnden norddeutschen Konzern in der Revisionsabteilung unterbringen können. Der Hauptsitz des Unternehmens war in Oldenburg. Vorgesetzter Jürgens wurde ein Gunnar Heyer, früherer Klassenkamerad Christians, und der Verdienst war von Anfang an so gut, dass Britta, die erst einmal bis zur „Babypause" krankgeschrieben war, nach der Geburt gar nicht wieder würde arbeiten müssen. Das war ihnen beiden durchaus angenehm, denn sie wussten inzwischen, da kamen gleich zwei. Die werdende Oma Gabi Hermes schüttelte verblüfft ihren hübschen Kopf. „Also habe nicht nur ich selbst einmal Zwillinge geboren, sondern in der nächsten Generation wiederholt sich diese Doppelung."

Britta hatte sich bald an die Unpässlichkeiten gewöhnt und genoss die Zeit, die ihr nun durch die Krankschreibung und die Babypause geschenkt war. In seinem Heimatdorf an der Weser hatte Christian Hermes mehrere ältere Immobilien erworben und eine, in unmittelbarer Nachbarschaft zum eigenen Wohnhaus, gerade frisch renovieren lassen. Die wurde nun das Domizil der sich entwickelnden jungen Familie.

Jürgen pendelte nach Oldenburg. Mit dem gebrauchten PKW, den sie sich schon in Bremen angeschafft hatten, keine große Sache. Noch hatte er keine Ahnung von Gunnar Heyers Plänen, sich aus dem Konzern zu lösen und eine eigene Firma zu gründen. So, wie es jetzt war, gefiel ihm die Arbeit aber recht gut.

Inzwischen war klar, dass Britta in ihrem nun schon mächtigen Bauch zwei Mädchen heranwachsen hatte. Für sie selbst überraschend wurde für sie diese Zwillingsschwangerschaft eine tröstliche Aufarbeitung der Tatsache, dass ihr einst im Kleinkindalter ihre eigene Zwillingsschwester verloren gegangen war.

Die Geburt verlief dann in der Klinik dermaßen entspannt und gelassen, dass die Hebamme es kaum glauben mochte. Ärztliche Unterstützung hätte sie gar nicht anfordern müssen. Und kerngesund waren die beiden kleinen süßen Mädchen auch, sogar gerade noch innerhalb des durchschnittlichen Geburtsgewichts-Bereiches zur Welt gekommen. Eine wurde „Anne" genannt, die andere „Rieke". So hatte sich Britta das gewünscht.

Die Heimfahrt

Als sich Jürgen am Freitagnachmittag von Mutter Christa Schubert verabschiedet, verkündet sie strahlend: „Seit einer guten Stunde bin ich Großmutter! Elke hat ziemlich ohne Probleme meine Enkelin geboren. ‚Hannah' soll die Kleine heißen. Du glaubst nicht, wie glücklich ich bin." Da muss er sie doch kurz in den Arm nehmen und sie beglückwünschen.

Auch dieser letzte Wismar-Tag hat wieder zwei Neukunden erbracht. Sein nächster Aufenthalt in dieser schönen Stadt dürfte wohl ziemlich bald zu planen sein. „Gunnar wird Augen machen," denkt er sich bei seinem Gang zum Bahnhof. Dort aber hat er einige Wartezeit, er ist rechtzeitig genug losgegangen. Also geht er zum nahen Kiosk und bestellt zwei Blumensträuße, einen für die frische Großmutter Christa und natürlich einen für Elke. Die Verkäuferin meint bedauernd: „Da hatten sie noch Glück, die sind von heute früh. Ganz frisch. Das sind nun aber die beiden letzten. Uns sind so viele

Blumen welk geworden, es lohnt nicht mehr. Aber die liefern wir noch gerne aus. Elke und Jürgen sind eh meine Schulkameraden. Drei Jahre älter als ich."

In der Regionalbahn bis Schwerin erledigt Jürgen zuerst einmal die korrekte Dokumentation mit den jeweiligen Prüfberichten zu den von ihm in Wismar revidierten Buchungen der drei besuchten Kunden. Da er schon vor Ort die noch von Hand erstellten Rechnungsbücher des gemeinnützigen Verbands mit Sorgfalt stichprobenmäßig in sein Prüfprogramm hat übernehmen müssen, ist nun die Fertigstellung des Berichts schnell erledigt. Die meiste Zeit widmet er den Buchungen der anderen beiden Kunden. So ist er immerhin bereits beim Umsteigen in Schwerin mit seiner Arbeit fertig. Nach fünf konzentriert erledigten Revisionstagen ungewöhnlich flott.

Im ICE bis Hamburg hängt er wieder seinen Erinnerungen nach. Christa Schuberts Nachfrage nach dem Tod seiner Britta hat Vieles wieder lebendig – und natürlich reichlich schmerzhaft – aus der Versenkung eines barmherzigen Verdrängens hervor gerufen.

Der Unfall

Die ersten Jahre seiner Ehe mit Britta und seiner Familie mit den beiden kleinen Töchterchen verliefen in ausgesprochen ruhigen und wirklich glücklichen Umständen. Die Zwillinge gediehen, wurden nach etwa drei Jahren wie alle anderen Kinder des Dorfes im örtlichen Kindergarten aufgenommen und erlebten dort eine fröhliche und sehr förderliche Zeit. Britta arbeitete als Vertretungskraft in einem ambulanten Pflegedienst. Zumeist in Teilzeit. Als eine Art Springerin vertrat sie jeweils Kolleginnen und Kollegen, die durch Urlaub, Erkrankungen oder sogar eine Babypause nicht arbeiten konnten.

Er selbst hatte wenige Wochen, nachdem sein Chef Gunnar Heyer sich selbstständig gemacht hatte, dessen Vorschlag folgend seinen Job gekündigt und war in der GHR als Angestellter eingestiegen. Er wurde dort sogar noch besser besoldet, als das in Oldenburg der Fall gewesen war, bekam einen Mittelklassekombi als Dienstwagen und konnte zum

Firmenbüro immer mit dem Fahrrad fahren, wenn es das Wetter zuließ und er dort das Auto nicht benötigte. Britta hatte einen praktischen flotten Kleinwagen.

Da es infolge der starken Belastung durch die Zwillingsschwangerschaft – ganz anders als seinerzeit bei ihrer Mutter – auf ärztlichen Rat sinnvoll erschien, nicht noch eine weitere Schwangerschaft zu wagen, hatten Britta und Jürgen einvernehmlich ihre Familienplanung beendet. Es war ja alles gut und schön, so wie es war. Anne und Rieke kamen zur Grundschule. Bereits jetzt wurden sie gemeinsam mit den Gleichaltrigen des Dorfes Fahrschüler. Die kleine Schule des Dorfes war schon vor Jahren mit Nachbarschulen zusammengelegt worden.

Das zweite Schuljahr war schon fast zu Ende, da musste Britta wieder einmal – dies natürlich in Vollzeit – eine Kollegin vertreten, die nun im Mutterschutz war. So fuhr sie fast tagtäglich die zwölf Kilometer zur Zentrale des ambulanten

Pflegedienstes, übernahm den Dienstwagen und erledigte ihre jeweilige Schicht. Und dann geschah am vierten Juni 2017 das denkbar Schlimmste, was der jungen Familie Reimann zustoßen konnte. Ein angetrunkener Kleinlasterfahrer missachtete die Vorfahrt des Dienstwagens, mit dem Britta unterwegs war, und rammte ihn von der Seite so heftig, dass er sich überschlug und auf der Gegenseite der Vorfahrtsstraße auch noch gegen eine Stützmauer prallte. Britta konnte nur noch tot geborgen werden.

Während dieses Unglück für die Kinder natürlich ein fürchterliches Erlebnis war und einen tiefen Einschnitt in ihr junges Leben riss, wuchs ihre Großmutter Gabi in unglaublicher Weise über sich hinaus. Sie hatte doch selbst gerade ihr zweites Zwillingskind verloren. Sie ergriff aber sofort die Initiative, holte sich ihre beiden Enkelinnen in ihren Haushalt und wurde ihnen sofort zu einer hervorragenden Ersatzmutter. Für eine gut Fünfzigjährige mit diesen Lebensbrüchen eine geradezu fabelhafte Entscheidung. Und ihr Mann Christian stand vollumfänglich dahinter.

Jürgen selbst überlegte schon eine recht lange Zeit, ob er der Einladung beider folgen wolle, seine Wohnung aufgeben und selbst auch zu seinen Schwiegereltern ziehen solle. Die Entscheidung traf er aber gar nicht selbst, sondern seine beiden Töchter: „Papa, bitte, bleib in unserem Haus. Wir kommen immer, wenn Du nicht unterwegs sein musst, zu dir, schlafen in unseren Zimmern und behalten so unsere Mama immer bei uns. Bei Oma und Opa geht es uns gut, aber unser zu Hause bleibt doch unser zu Hause." Also blieb insoweit alles beim Alten.

Seitdem sind nun knapp zwei Jahre ins Land gegangen. Seine Schwiegermutter hatte ihn sogar schon einmal gefragt, ob er sich nicht doch wieder nach einer Partnerin umschauen wolle. „Du bist noch so jung. Willst du tatsächlich immer alleine bleiben? Schau, auch für mich hat es damals einen Neuanfang gegeben. Und jetzt ist es gut, dass unsere Jungs alle selbstständig geworden sind und Christian und ich uns vollzeitlich um eure Zwillinge kümmern können. Das hat doch wirklich etwas Gutes." Er hatte nur den Kopf geschüttelt. „Lass mich nur. Eine wie Britta finde ich eh nicht wieder."

Zurück

Sich in dieser Weise im ruhig dahingleitenden Zug einmal auch den belastenden Erinnerungen zu stellen hat für Jürgen etwas überraschend Befreiendes. Er merkt, dass er doch zu sehr immer in sich verschlossen gehalten hat, was ihm der Verlust Brittas tatsächlich bisher bedeutete. Fast erleichtert nimmt er wahr, dass nun eine Zeit gekommen zu sein scheint, in der er doch ihren Tod allmählich zu akzeptieren vermag. Sicher hilft ihm dabei, dass seine beiden Töchter wieder ganz fröhlich und zielstrebig ihre Tage verbringen können.

Als er zu Hause angekommen ist, merken die aufmerksamen Zwillinge sofort, dass sich bei ihrem Vater etwas verändert hat. Rieke strahlt ihn an. „Ach, Papa, ist das schön, dass du wieder lachen kannst. Das waren bestimmt gute Tage in Wismar." Und die stillere Anne lehnt sich an seine Schulter. „Ja, du bist wieder besser drauf."

Die Großeltern Hermes haben zudem noch eine besonders erfreuliche Nachricht: „Dirk, unser Ältester, wird Vater!" Jürgen ist verblüfft, er hatte gar nicht gewusst, dass sein Schwager, der schon fest in die Geschäftsführung und die Werkstadt der Reparaturwerft eingestiegen ist, irgendwo eine Partnerin gehabt hätte. Seine Schwiegermutter schmunzelt. „Die werdende Mutter kennst du auch. Das ist unsere Auszubildende im Bootsbau. Sie ist nicht nur in diesem Handwerk ein besonderes Einzelstück, sie ist auch sonst ein prima Mädchen. Da bekommen wir eine sehr erfreuliche Schwiegertochter."

Jürgen kennt diese Silke Gerdes natürlich. Auch er hält sie für ein „prima Mädchen" und gönnt sowohl ihr als auch seinem Schwager diese wohl noch recht neue Zweisamkelt. Seine vorlaute Tochter Rieke betrachtet ihn mit forschendem Blick. „Auch uns könnte eine neue Mutter nicht schaden. Oma und Opa sind zwar klasse, aber auch du wärst dann vielleicht wieder richtig glücklich." Anne nickt eifrig, da sind sich die beiden wohl ganz einig. Jürgen ist ganz gerührt von der Fürsorge seiner Mädels.

Seinen Schwiegereltern erzählt er ausführlich von den Tagen in Wismar, von der Pensionswirtin Schubert und von ihren Adoptivkindern. Auch wenn er bisher nur den anderen Jürgen kennen gelernt hat. Den beiden ist ebenfalls aufgefallen, dass ihm diese weite Bahnreise und der Einsatz in der schönen Hansestadt durchaus gut getan haben. Schwiegermutter Gabi meint: „Das ist so schön, dass du wieder froh sein kannst." Es stimmt schon, ihm ist erheblich leichter als in den Monaten zuvor.

Bisher hat er immer vermieden, ein Bild Brittas mit auf seine Dienstreisen zu nehmen. Irgendwie hat er sich immer gefürchtet, es anzuschauen und dabei wieder einmal die Fassung zu verlieren. Seit dieser entspannten Erinnerungsreise nach Wismar und zurück erlebt er den Blick auf Brittas Bilder ganz anders. Mit einem warmen Glücksgefühl erwachen Erinnerungen. Das tut wohl. Das für ihn schönste Bild seiner verstorbenen Liebsten ist ein Urlaubsfoto vom Kellenhusener Ostseestrand ganz nahe am Sportbootverleih, der einst ihren Eltern gehört hatte. In ihrem braunen Bikini war sie mit ihren kleinen Zwillingstöchtern der Blickfang des Strandbades. Die hübscheste junge Mutter weit und breit. Einen Ausdruck dieses Urlaubsfotos in DIN-A4-Größe schiebt er nun in die Klarsichttasche im Deckel seines Hartschalenkoffers. Klappt er den auf, hat er seine Britta immer sofort vor Augen.

Wochen mit allerlei Reisen gehen ins Land. Und nun hat sein Chef Gunnar mit allen neuen Kunden in Wismar einen Terminplan geschaffen, der Jürgen für ganze drei Wochen nach dort bringen wird. Dazu darf er sogar seinen Dienstwagen nutzen, damit er von Wismar an den Wochenenden ohne zu großen Zeitaufwand kurz nach Hause reisen und vielleicht sogar seine Töchter für ein paar Tage mit nach dort nehmen kann. Diese Wochen schließen nämlich am Ende die erste Woche der Herbstferien mit ein.

Überraschungen

Sofort bucht er für die gesamte Zeit ein Zimmer in der Pension Schubert. Und da es das zusätzliche Angebot jetzt gibt, auch einige Abendmahlzeiten. Er fährt schon sonntags am frühen Nachmittag los. Da sind kaum Lastzüge auf der Autobahn unterwegs, das könnte eine entspannte Reise werden. Und die wird es dann tatsächlich, sogar auch bei Hamburg.

Als er nach kurzer Parkplatzsuche mit seinem Koffer in der Pension Schubert eintrifft, sitzt Elke mit dem Kinderwagen neben sich im kleinen Büro neben dem Eingang und empfängt ihn vergnügt. Er bewundert nun zuerst einmal die schlafende süße kleine Hannah. Dann gibt es für ihn die erste Überraschung. Elke erklärt ihm: „Wir sind in diesem Herbst erfreulich gut ausgelastet, die Pension ist voll, bis aufs letzte Bett belegt. Dir wollten wir aber nicht absagen. Nun hat die kleine Wohnung im Nebenhaus, in der meine Schwägerin Lara im Hochparterre wohnt, unter ihren Zimmern auf gut zwei Dritteln der Fläche Keller- und Heizungsräume, auf der Restfläche aber ein mit Laras Wohnung durch eine Extratreppe verbundenes Gästezimmer mit eigener kleiner Nasszelle. Weil wir davon ausgehen, dass dir das so recht ist, haben wir dich dort einquartiert. Jürgen geht gleich mit dir rüber. Lara hat Dienst in der Klinik und kommt erst am Abend. Die kommt dann auch erst hierher ins Frühstückszimmer, in dem du ja dein Abendbrot eingenommen hast und sicher noch ein bisschen bleiben wirst. So lernt ihr euch hier erst mal kennen.“

Jürgen bringt ihn dann auch sofort ins Nachbarhaus. Das Zimmer ist noch ein bisschen edler als das, welches er beim ersten Wismar-Einsatz nebenan bewohnt hat, obwohl schon dieses sehr einladend gewesen war. Sichtlich könnten hier auch zwei Menschen untergebracht werden, breit genug ist das Bett. Eine kleine Sitzgruppe aus einem Tischchen und zwei Sesselchen findet sich ebenfalls. Und in der Zimmerecke gibt es eine

Wendeltreppe nach oben. „Von Laras Wohnung bist du sogar durch eine Tür oben abgetrennt."

Als er wieder allein ist, packt er seinen Koffer aus, die Kleidungsstücke in den leeren Kleiderschrank, der immerhin einige Kleiderbügel bietet, und was er im Duschbad benötigt, schließlich noch nach dort. Den Koffer legt er auf den Tisch, genießt kurz den Blick auf Brittas Bild und klappt dann den Deckel zu. Danach streckt er sich ein paar Minuten auf dem Bett aus, bis ihn sein Handy, das er entsprechend programmiert hat, an die Abendessenszeit mahnt. Dieses Zusatzangebot erweist sich dann als sehr schmackhaft.

Wie Elke vorausgesagt hat, bleiben anschließend die beiden jungen Männer namens Jürgen noch mit einigen weiteren Gästen gemütlich beieinander, nachdem der Gast Jürgen dem Wirt Jürgen beim Abräumen geholfen hat. In der Küche versorgt eine angestellte ältere Frau alles, was sie ihr gebracht haben.

So etwa gegen zwanzig Uhr dreißig öffnet sich die Tür des Frühstücksraums und herein kommt eine etwa Dreißigjährige, die von Jürgen Schubert mit „guten Abend, Schwesterlein" behaglich begrüßt wird. Jürgen Reimann aber kann kaum sein Erschrecken verbergen. Diese Lara ist etwa einen halben Kopf kleiner als er, hat halblange blonde Haare, in jeder Wange ein lustiges Grübchen und unglaublich strahlende blaue Augen. Sie ist unverschämt hübsch, sportlich und auffällig wohlgestaltet. Kurz, sie ist fast ohne irgendeinen Unterschied das komplette Ebenbild seiner Britta. Als sie ihn als Letzten begrüßt, kommt in ihre Augen ein ganz seltsamer Ausdruck, einer, der ihm wohlvertraut ist, und dessen Bedeutung er hier gar nicht glauben mag.

Ohne großes Nachdenken ist ihm schlagartig klar: das ist Sarah, die eineiige Zwillingsschwester seiner Britta. Findelkind mit unbekannter Herkunft, von den Behörden der DDR mit einer Identität versehen, und beim Auffinden angeblich lediglich fähig, den eigenen Vornamen zu nennen. Da wurde wohl das kindliche „Sarah" als „Lara" missverstanden. Gar nicht so abwegig, denn Schwiegermutter Gabi hat öfter berichtet, ihre Zwillinge hätten anfangs beide etwas gelispelt.

Jürgen reißt sich zusammen. Erst einmal will er sich gar nichts anmerken lassen. Vielleicht ergibt sich ja eine Gelegenheit zu vertrauten Gesprächen mit Christa Schubert und ihren Kindern, bei denen er seine Beobachtungen mitteilen kann. Sein Plan ist wieder mal ganz einfach. Er will das Ganze vorerst ganz offen auf sich zukommen lassen.

Was zuerst auf ihn zukommt, ist nach kurzer Zeit harmlosen Geplauders – während dessen Lara ihn sofort, wie ihre ganze Familie, mit „du" anredet – ihre Frage, ob er schon mit rüber kommen wolle, sie müsse bald schlafen, der Tag sei recht anstrengend gewesen. Und nun wolle sie ihren beginnenden Urlaub und die dann intensivere Hilfezeit in der Pension mit ordentlicher Ruhe einleiten. Jürgen ist müde genug um gerne zuzusagen.

Im Nachbarhaus zeigt ihm Lara dann in ihrer Wohnung, dass die Wendeltreppe von unten herauf in ein separates Nebenräumchen ihres kleinen Flurs führt. Vor dem Abstieg verschließt eine Zimmertür den Gastbereich samt Treppchen. Sie lacht, „so gehen wir uns nicht gegenseitig auf den Wecker. Also steig nun hier hinunter. Ich wünsche dir eine gute Nacht." Und das wieder mit diesem Blick. Jürgen gerät ganz hübsch ins Schleudern.

Als er schließlich im Bett liegt, wird ihm zu seiner Verblüffung klar, dass er sich gerade rettungslos in das menschgewordene Ebenbild seiner Britta verliebt hat. Obwohl, so verwunderlich ist das ja wohl gar nicht. Oh weh, wohin wird das nur führen?

Lara

Als Jürgen am kommenden Morgen im Haupthaus ins Frühstückszimmer kommt, ist Lara dort schon emsig am Werk. Sichtlich übernimmt sie nun während ihres Urlaubs einige Aufgaben ihres Bruders und ihrer Schwägerin, die bestimmt über diese Entlastung nicht böse sein werden. Pünktlich wie verabredet beginnt er dann beim nächsten Kunden seine Arbeit. In seinem Kopf geschehen zwischendrin immer wieder seltsame Dinge. Erinnerungen an Stunden mit seiner Britta tauchen auf. Und unvermittelt verschmilzt ihr Bild mit der Gestalt Laras. Mit aller Macht schiebt er diese Träumereien beiseite. Erstens muss er arbeiten, zweitens verwirrt ihn das Ganze doch zu sehr.

Die Abendmahlzeit im Frühstückszimmer ist schnell eingenommen. Wieder hilft er beim Abräumen, diesmal aber nicht dem anderen Jürgen sondern seiner Schwester. Als alles in der Küche ist und die Tische sauber, schaut ihn Lara dankbar an. „Nun hast du dir eine kleine Belohnung verdient. Mein

Bruder hat jetzt hier weiter Dienst. Komm mit rüber in meine Wohnung. Du hast dir ein Glas Wein verdient, das ich dir gerne spendiere. Außerdem kannst du mir dann ungestört ein bisschen was über dich erzählen. Ich bin ziemlich neugierig." Dieser Einladung nicht zu folgen, wäre sowohl recht unhöflich als auch reichlich dämlich.

In Laras Wohnung gibt es ein hübsches kleines Wohnzimmer. Dort stehen schnell zwei Weingläser auf dem Couchtisch. Und eine Flasche Riesling darf Jürgen entkorken. Lara setzt sich ihm gegenüber. „Mutti hat mir gesagt, du hast deine Frau durch einen Unfall verloren? Wie geht es dir damit?" Jürgen ist erstaunt, wie entspannt er die ganze Geschichte mit seiner Britta – angefangen von der Bremischen Doppelwohnung über die Familienzeit bis zum Unfall – dieser Gastgeberin berichten kann. Mit diesen Erzählungen vergeht schon geraume Zeit. Dann aber fragt nun er. „Jetzt bist natürlich du dran. Ich weiß, dass Jürgen und du Adoptivkinder seid und über deine tatsächliche Herkunft wenig bis gar nichts bekannt ist. Wie ist es dir damit ergangen?"

„Glaub mir, Jürgen, das Beste was mir passieren konnte, ist meine Adoptivfamilie. Meine Eltern waren als Kleinunternehmer immer ein bisschen Außenseiter in der Erwerbswelt der DDR. Das hat auch meinen Bruder und mich mitgeprägt. Viele Kinder in unseren Schulklassen hatten normal ‚werktätige' Eltern, deren Arbeitsstellen nie in Gefahr waren. Diese Eltern konnten ohne Risiko auch mal faulenzen, dachten über ihre jeweilige Firma kaum nach und schwammen ziemlich problemfrei im Trend. Ganz anders war das bei uns, obwohl unser Vati im Hafen auch ein normaler ‚Werktätiger' war. In unserer Pension hatte jeder Arbeitsschritt, jede unternehmerische Entscheidung Konsequenzen. Es ging immer, auch im Kleinen, um unsere Existenz.

Jürgen und ich waren noch viel zu jung, um das zu verstehen, aber um das zu erleben nicht. Das hat uns schon ganz früh geprägt. Jürgen war gerade

Grundschüler geworden und ich noch Krippenkind, da kam die Wende. Plötzlich lebten fast alle anderen Kinder in riskanten Familiensituationen, viele verschwanden mit ihren Eltern und Geschwistern Richtung Westen. Bei uns jedoch blieb alles, wie es gewesen war, obwohl Vati seinen Job verloren hatte. Unser Haus war voll belegt wie nie zuvor. Statt der früheren DDR-Touristen und Kaderverantwortlichen, die zuvor bei uns Quartier genommen hatten, kamen jetzt die westlichen ‚Retter', die oft gar keine waren. Bei uns nannte man sie ‚Wossis'.

Unsere Schulzeit war sehr intensiv geprägt von Systemveränderungen, sprunghaftem Wechsel in den Unterrichtsinhalten und viel anderer Unruhe. Auch das war für Jürgen und mich gut zu bewältigen, Anpassung war ja in der Familie Schubert Alltag. Jürgen war wegen seines exotischen Gesichts immer ein bisschen der Mädchenschwarm unserer Mittelschule. Er nutzte das ganz geschickt für allerlei unverbindliche

Knutschereien. Nur seine Klassenkameradin Elke Köhnke hat er nie angetastet, die war ihm zu wertvoll. Wie wertvoll weißt du ja. Direkt nach seiner Ausbildung als Hotelfachmann in Ludwigslust haben sie geheiratet. Witzig ist, sie hat ihre Ausbildung zur Köchin im gleichen Hotel gemacht. Und sie haben fast die ganzen drei Ausbildungsjahre zusammen gewohnt, ohne dass unsere Eltern das mitbekommen hätten. Elkes Eltern auch nicht. Die sind beide übrigens vor einem Jahr verstorben und Elke hat als Einzelkind das Häuschen geerbt. In diesem Haus wohnt jetzt unsere Mutter.

Warum mir so allerlei Kerls nachgestellt haben, weiß ich nicht. Auch während meiner Ausbildung habe ich mir die vom Hals gehalten. Bis der Oberarzt Doktor Wolter in unserer Klinik angefangen hat. Auf den bin ich sofort geflogen. Der hat das auch gleich bemerkt. Nach wenigen Tagen hatte er mich verführt. Ein halbes Jahr haben wir uns häufig in seiner kleinen Wohnung getroffen. Ich war, das muss ich gestehen, voller Hoffnung auf eine gemeinsame Zukunft. Und dann bin ich durch Zufall dahinter gekommen, dass er in Rechlin an der ‚Kleinen Müritz' seine Frau und zwei kleine Kinder wohnen hatte. Sie hatte in Waren eine Apotheke und konnte deshalb nicht mit nach Schwerin kommen. Ich habe die ganze Geschichte unserer Chefärztin gebeichtet. Es ist kaum zu glauben, aber sie hat dem Saukerl sofort gekündigt. Und für mich war das Kapitel ‚Männer' ein für allemal erledigt – dachte ich."

Jürgen schaut zur Uhr. „Mensch. Lara, du hast morgen Frühstücksdienst. Da solltest du jetzt schlafen gehen. Mir kann das auch nicht schaden, morgen gibt es einen anstrengenden Tag, soweit ich das einschätzen kann." Er erhebt sich vom Sessel. „Dann danke ich dir erst mal ganz herzlich für diesen behaglichen Abend. Das können wir immer mal so machen."

Als er sich zur Wendeltreppe begeben will, stellt sich Lara mit dem Rücken an die Tür, schaut ihm tief in die Augen und fragt: „Du willst mich also

wirklich für den Rest der Nacht alleine lassen?"
Brittas Worte! Er lacht leise. „Wenn´s nicht sein
muss, natürlich nicht" und nimmt sie behutsam in
die Arme. Der erste Kuss fällt dann aber erheblich
weniger behutsam aus. „Nimm mich mit runter zu
dir. Mein Bettchen ist ziemlich schmal." Und nun
sind alle Hemmungen beseitigt.

Erkenntnisse

Viel geschlafen haben beide nicht, als sich Lara schnell unter die Dusche begibt, sich für ihren Frühstücksdienst ankleidet und Jürgen mit einem innigen Kuss zurück lässt. „Dann, Schatz, bis nachher im Frühstückszimmer." Strahlend eilt sie los. Als er etwas später auch im Frühstückszimmer eintrifft, spielen beide nun erst einmal weiterhin ihre Rollen als Gast und Gastgeberin, freundlich aber distanziert. Jürgen hilft wie zumeist beim Abräumen. Er kann beim heutigen Kunden wegen der Öffnungszeiten erst ziemlich spät anfangen. Als alles in der Küche ist und die Gäste ausnahmslos ihren Tagesplänen folgen, nimmt Jürgen im Frühstücksraum Lara noch einmal fest in die Arme und küsst sie ausführlich. Beide bemerken nicht, dass Elke gerade mit ihrem Töchterchen herein gekommen ist. Und erschrecken dann natürlich, als Elke schmunzelnd bemerkt: „Das haben wir kommen gesehen. Aber so schnell? Alle Achtung, ihr beiden."

Fröhlich bricht Jürgen nun zu seinem Kunden auf. Und Elke will wissen, wie ernst ihrer Schwägerin diese Sache mit diesem Jürgen Reimann wohl ist. „Du weißt doch, Männer waren für mich tabu. Der aber! Mensch Elke, das ist für immer. Außerdem – und das ist vorerst nur für uns beide – kein Gedanke an Verhütung." Elke lacht nun doch schallend. „Und das dir? Da hat aber wirklich der Blitz eingeschlagen."

Nach dem Abendessen halten sich Lara und Jürgen nicht mehr sehr lange bei den anderen Gästen auf. Noch wollen sie ihre Beziehung nicht öffentlich machen. Also verabschiedet sich zuerst Jürgen alleine. „Ich muss noch drüben etwas Dringendes erledigen." Lara ist dann kurz danach auch aus der Pension verschwunden. Für alle einsichtig, ihr Dienst ist beendet. Ihr Bruder Jürgen verabschiedet sie im Flur. „Na, dann erledigt mal zusammen ‚etwas Dringendes'," grinst er.

Die Frischverliebten hatten schließlich eine kurze Nacht, und auch das ‚Dringende' treibt sie schnell wieder in Jürgens behagliches Bett. Als sie beide schließlich entspannt und beglückt einander in den Armen liegen, fragt Jürgen mit einem gewissen Erstaunen: „Nun sag mir mal, wie das sein kann, dass du dich so urplötzlich in mich verliebt hast. Gewusst von mir hast du ja fast gar nichts. Höchstens, was eure Mutter, Elke und Jürgen von meinem letzten Aufenthalt berichtet hatten.“

„Das stimmt. Und ich hatte auch keine besonderen Erwartungen. Männer waren für mich seit der üblen Geschichte mit dem Doktor Wolter grundsätzlich tabu. Und dann hast du im Frühstückszimmer gesessen und in einer Weise auf mein Erscheinen reagiert, wie ich das vergleichsweise noch niemals zuvor erlebt habe. Schon dein erster Blick in meine Augen war so voller Zärtlichkeit. Du hast geschaut, als wärst du fest davon überzeugt, dass du mich in- und auswendig kennst. Mit diesem liebevollen Blick hast du meine selbsterbaute Mauer mit einem Ruck niedergerissen. Und ich dachte doch, für mich wäre das Kapitel ‚Männer‘ ein für allemal erledigt! Kannst du mir nun deinerseits erklären, wieso du so intensiv auf mich reagiert hast?"

„Ja, das will ich dir wohl gerne erklären. Mache dich aber darauf gefasst, das wird ein tiefer Eingriff in deine Lebensgeschichte wie auch in meine. Zuerst will ich dir etwas zeigen." Er rutscht zur Bettkannte, setzt sich auf, beugt sich zum Tischchen und klappt den Deckel seines Koffers auf. Lara setzt sich neben ihn. „Woher hast du das Bild von mir? Ich wusste gar nicht, dass es ein solches Bild überhaupt gibt. Wer hat das wann und wo fotografiert? Diesen Bikini habe ich bestimmt seit zwei Jahren nicht mehr angehabt." „Siehst du, Lara, das ist nun das Verwunderliche. Das bist gar nicht du. Das ist das schönste Erinnerungsbild an meine verstorbene Britta, von der ich dir gestern erzählt habe. Als du ins Frühstückszimmer herein gekommen bist, war ich sekundenlang zutiefst erschrocken, dann aber sofort überglücklich. Ich war mir ganz sicher, du bist Brittas verschollene Zwillingsschwester. Und ganz genau so, wie ich

Britta immer geliebt habe, habe ich mich sofort rettungslos in dich verliebt.

Und gestern Nacht gab es die letzte etwa noch ausstehende Bestätigung. Du hast mich genauso verführt, wie Britta mich damals. Als wir uns dann ganz nah gekommen sind, habe ich beglückt erlebt: du duftest wie sie, du bist von Kopf bis Fuß wie sie gestaltet – samt der süßen Grübchen –, und du liebst wie sie. Mehr Bestätigung braucht es wohl nicht. Ich denke auch, dass vermutlich ein erklärbares Missverständnis dazu geführt hat, dass dein eigentlicher Name ‚Sarah' von deinen Rettern als ‚Lara' verstanden wurde. Vermutlich hast du als kleines Mädchen wie Britta gelispelt."

„Das stimmt tatsächlich. Sarah und Lara. Das leuchtet ein. Aber wieso Retter?" Nun muss Jürgen ein bisschen ausholen und ihr die Geschichte der Familie Sievers, den Bootsunfall und alles, was für sie sonst wichtig sein kann, berichten. Lara ist wieder mit ihm unter die Bettdecke gekrochen, hört gespannt, was er ihr erzählt, und begreift plötzlich, dass sich endlich für sie und auch ihre Mutti, ihren Bruder Jürgen sowie seine Frau eine Tür zu ihrer Vergangenheit zu öffnen beginnt. Jürgen beendet seinen Bericht mit der Versicherung: „Glaube mir bitte, es ist mir bitter ernst mit dir. Du sollst nicht der Ersatz für Britta sein, sondern die ebenbürtige Fortsetzung, aber auf deine ganz besondere Weise. Du bist einerseits ihr gleich, andererseits eine ganz wunderbar Einzigartige. Logische Frage also: willst du meine Frau werden?"

„Das fragst du jetzt schon? Und stell dir vor, jetzt schon kann ich dir aus vollster Überzeugung antworten: Jawohl, das will ich! Hast du dir überhaupt gestern und heute irgendwelche Gedanken über Verhütung gemacht? Ich gestern überhaupt nicht. Und heute früh mit dem Ergebnis, dass es mir völlig gleichgültig ist – nein, sogar ganz recht, wenn ich denn jetzt schwanger geworden bin oder werde. Ich kann mir nichts Beglückenderes denken, als mit dir ein Kind zu haben. Siehste, dazu passt deine Frage haargenau!" Natürlich wird diese

Verabredung sofort gebührend besiegelt. Und anschließend entspannt und tief geschlafen.

Bevor Lara zum Frühstücksdienst aufbricht, verabreden sie dann am frühen Morgen, dass sie nachmittags, wenn Jürgen von seiner Arbeit zurück kommt, sofort zu Mutti Christa Schubert fahren wollen, um ihr als Erster diese umwälzenden Erkenntnisse und Entscheidungen mitzuteilen. Lara will keinesfalls, dass dieser diese Entwicklung des Lebens ihrer Tochter anders zu Ohren kommt. Ihre Schwägerin und ihr Bruder haben versprochen, ihrerseits Mutter Schubert nichts zu sagen.

Christa

Jürgen ist schon gegen sechzehn Uhr zurück in der Pension. Lara kann auch sofort mit ihm los. Sie ist ziemlich nervös. Wie wird wohl ihre Mutti auf alle diese aufregenden Neuigkeiten reagieren? Jürgen ist recht beeindruckt von diesem schmucken Vorstadthäuschen mit seinem kleinen gepflegten Gärtchen. Sein Auto kann er in der kurzen festen Einfahrt zu einer schlichten angebauten Garage abstellen. Lara und er sind gerade ausgestiegen, da öffnet sich die Haustür. Christa Schubert fragt verwundert: „Was treibt dich denn heute zu mir? Wir werden doch am Sonnabend lange genug beieinander sein. Da komme ich schließlich in die Pension. Und du, Jürgen, musst extra für meine Frau Tochter den Chauffeur spielen?"

„Ach, Mutti, lass uns ins Haus gehen, dann erzählen wir dir, was uns heute zu dir führt." Jürgen ist durchaus angetan von der gemütlichen und geschmackvollen Einrichtung des recht kleinen Wohnzimmers, in das er nun hineingeführt wird.

Christa kann es sichtlich kaum erwarten, den Anlass dieses ungewöhnlichen Besuchs zu erfahren. Das erste Aha-Erlebnis ist, dass sich ihre Tochter mit dem von ihr durchaus geschätzten Gast der Pension auf das kleine Sofa setzt, und dieser ihr den Arm um die Schulter legt. Und dann sprudelt es aus Lara heraus. Sie beschreibt die Ereignisse vom Sonntag und Montag, berichtet von Jürgens Erkenntnissen zu ihrer Herkunft und kündigt auch gleich an, dass sie wohl in Kürze aus Wismar wegziehen wird, um jenseits von Elbe und Weser in die Familie Reimann einzuheiraten, was auch zur Folge hat, dass sie ihrer leiblichen Mutter nah sein wird.

„Mutti, du und ihr alle hier seid und bleibt meine Familie. Ihr seid meine Nächsten. Aber erstens ist ein Leben mit Jürgen meine Zukunft, auf die ich nicht verzichten kann. Zweitens weißt du ja selbst, dass wir, Vati, du, Bruder Jürgen und ich immer gerne mehr über unsere Herkunft erfahren hätten. Jürgen konnte heraus bekommen, dass seine leibliche Mutter sehr früh verstorben ist. Über seinen Erzeuger will er gar nichts wissen. Aber bei mir war da immer ganz schnell der Punkt erreicht, wo wir nicht weiter kamen. Und jetzt tut sich ein Tor zur Erkenntnis auf."

Christa Schubert schaut die beiden einen Augenbick lang schweigend an. Dann lächelt sie. „Weißt du, Kind, ich hatte schon Sorge, du wolltest – und müsstest dann auch – dein Leben lang allein bleiben. Ich habe sogar deinen Einstieg in die Führung der Pension eher als Notlösung betrachtet. Und gehofft, das werde kein Zustand für immer. Aus meinen zahlreichen gemeinsamen Jahren mit eurem Vati und dann den Jahren ohne ihn weiß ich ganz genau, welcher Unterschied zwischen Zweisamkeit und alleine Leben besteht, auch wenn ich durch euch und durch die ständig wechselnden Gäste nie einsam sein muss.

Und dass ausgerechnet du, lieber Jürgen, mein Schneewittchen aus seinem gläsernen Sarg heraus geküsst und zum Leben erweckt hast, ist doch wunderbar. Wie sonst wären wir wohl in die Lage gekommen, die tatsächliche Herkunft Laras zu begreifen? Noch Eines, ihr beiden. Um eine völlig überflüssige und dumme Konkurrenz zwischen deiner leiblichen Mutter und mir, deiner sozialen Mutti, gar nicht erst entstehen zu lassen, habe ich eine Bitte: Wenn der Kontakt zwischen euch erst einmal geknüpft und gelungen ist, möchte auch ich schnellstens, mein lieber Jürgen, deine ohnehin schon Schwiegermutter kennen lernen."

Jürgen begreift während dieser kleinen Ansprache erstaunt, dass sich Christa Schubert längst darauf eingestellt hat, ihrer Tochter alle Wege in eine eigenständige Zukunft wie auch die in ihre Vergangenheit offen zu halten. Welch eine großartige Frau. Sicherlich spielt bei ihr eine Rolle, dass sie als Jahrzehnte lang tätige Pensionswirtin die unterschiedlichsten Menschen mit zum Teil auch recht seltsamen Lebensgeschichten kennen gelernt hat.

Recht bald verabschieden sich die jungen Leute. Jürgen möchte nämlich noch seine beiden Familien von der neuen Situation in Kenntnis setzen. Lara hat in ihrer Wohnung einen Festnetzanschluss. Christa Schubert verabschiedet sich ihrerseits nach dieser Aussprache von den beiden, indem sie Jürgen umarmt und schmunzelnd feststellt: „Für dich wird's nun ein bisschen schwieriger. Wenn Schwiegermütter ihrem schlechten Ruf tatsächlich entsprechen, trägst du jetzt eine doppelte Last." Vergnügt fahren die beiden nun zu Laras Wohnung zurück.

Gabi

„So, mein Schatz, jetzt rufe ich also zuerst einmal die Familie Hermes mit meinen Zwillingstöchtern an. Dann zum Schluss noch die Reimänner in der Nordheide." Er schreitet auch sofort zur Tat. Lara kuschelt sich auf dem kleinen Sofa an seine Seite, und er wählt die erste Nummer. „Gabi Hermes hier. Mit wem spreche ich?" „Mit deinem Schwiegersohn. Heute habe ich eine Menge zu berichten. Du wirst das kaum glauben. Am Sonntag lernte ich abends die Tochter der bisherigen Pensionswirtin kennen; du weißt: das Adoptivkind. Und da steht plötzlich ein Menschenkind vor mir, das völlig gleich aussieht wie Britta. Gleiche Größe, gleiche Haare, gleiche Grübchen, wahnsinnig schockierend. Und sie heißt Lara, weil sie angeblich diesen Namen für sich gebrauchte, als sie aufgefunden wurde. Mutter, Mutter, ich habe deine Tochter Sarah gefunden, dessen bin ich absolut sicher."

Nach kurzer verdutzter Pause mahnt Mutter Gabi zur Vorsicht: „Endgültig sicher kannst du erst sein, wenn sie dir bestätigen kann, dass sie reichlich weit oben an der Innenseite ihres linken Oberschenkels eine ziemlich große L-förmige Narbe hat. Sie war mit etwa anderthalb Jahren über ein liegendes Paddel gestolpert und hatte sich deftig am Beinchen verletzt." „Diese Narbe hat sie. Habe ich selbst schon mehrfach gesehen und gespürt. Also ist das der letzte Beweis, dass ich deine verlorene Tochter Sarah als Lara wiedergefunden habe!"

Die eben noch völlig aus der Spur geratene Gabi muss nun doch lachen. „Ach sooo ist das. Nicht nur du hast sie gefunden, sondern ihr beide habt euch gefunden. Damit eröffnen sich also plötzlich Lösungswege aus ziemlich vielen Problemen der Vergangenheit: Wenigstens eine meiner einst kleinen Zwillingstöchter ist mir erhalten geblieben. Du bist endlich aus deinem Trauerkeller heraus. Und für den Wunsch deiner Kinder, eine neue Mutter zu bekommen, zeichnet sich eine Lösung ab. Oder ist es euch nicht so erst?"

„Doch, doch. Uns beiden ist das außerordentlich ernst. Wir sind uns schon über eine gemeinsame Zukunft grundsätzlich einig. Lara war von Anfang an, ganz unbewusst, wie sie sagt, so intensiv auf eine endgültige Beziehung aus, dass sie nicht nur mich zielsicher verführt hat – richtig, genau wie Britta mich damals – sondern sogar sofort eine Schwangerschaft in Kauf genommen hat. Noch Zweifel, Frau Hermes?"

Nun bricht sich die Freude in Mutter Gabi Bahn. Vor lauter Rührung und Ergriffenheit kann sie kaum sprechen. Sie fragt mit erstickter Stimme: „Kommt ihr dann am Wochenende?" „Na, sicher doch. Wenn wir das hier mit Laras Mutter, ihrem Bruder und seiner Frau organisieren können, werden wir sogar bereits am Freitagnachmittag hier aufbrechen. Jetzt aber noch was ganz Wichtiges. Könnt ihr beide, Vater und du, meinen Mädels die neue Situation schon ein bisschen nahe bringen? Für die beiden könnte Laras unglaubliche Ähnlichkeit mit ihrer Mutter ja auch zum Problem werden." „Das glaube ich kaum. Aber: natürlich werden wir die Dämchen ordentlich auf die neue Frau an deiner Seite, die auch meine Tochter ist, vorbereiten. Lass uns nur machen. Meinen Christian werde ich heute Abend von diesem Wunder in Kenntnis setzen. Der kommt bald mit den Mädchen aus der Halle herüber. Dann muss ich erst noch warten, bis die beiden oben schlafen. Also, lernt ihr beiden euch mal weiter ordentlich kennen. Und dann – bis Freitagabend!" Lara, die mitgehört hat, staunt. „Mensch, hat diese meine Mutter eine Kraft!"

Ursula

Der letzte Anruf geht in die Nordheide. Seit Jürgens Vater nicht mehr am Leben ist, haben seine Schwester Gertraud, ihr Mann Thorben und die beiden Kinder einen gemeinsamen Haushalt mit seiner Mutter Ursula. Thorben hat freiwillig seinen Geburtsnamen Meyer dem seiner Liebsten geopfert und heißt seit ihrer Heirat auch Reimann.

Im selben Haus, Jürgens großem Elternhaus, hatte seine Geschwisterfamilie schon zuvor gewohnt. Da aber zum Einen in der von ihr genutzten riesigen Erdgeschosswohnung auch noch ein schönes Zimmer für die Mutter eingerichtet werden und zum Anderen deren bisherige ebenfalls sehr große Oberwohnung auf diese Weise vermietet werden konnte, ist das eine sehr gute Lösung geworden.

Als Jürgen nun dort anruft, ist zuerst seine siebzehnjährige Nichte Marie am anderen Ende. „Klar hole ich dir Oma ans Telefon. Die ist bei Mama in der Küche, die backen für Papas

Geburtstag Kuchen." Seine Mutter meldet sich dann außerordentlich vergnügt, sie backt halt für ihr Leben gern.

„Tja, Mutter, es gibt weittragende Neuigkeiten. Ich habe hier in Wismar eine neue Partnerin fürs Leben gefunden. Das allein wäre schon spektakulär genug. Aber es kommt noch besser. Diese meine neue Liebste ist die einst verloren gegangene Zwillingsschwester Brittas. Daran bestehen überhaupt keine Zweifel. Meine Schwiegermutter Gabi hat uns ein Merkmal dieser ihrer Tochter genannt, das sie unverwechselbar macht. Wie das alles gekommen ist, was wir über Laras Kinderschicksal wissen – ja, hier heißt sie nicht Sarah sondern Lara – und wie wir uns die Zukunft vorstellen, erfahrt ihr am Sonntag. Wir werden auf dem Rückweg von der Wesermarsch nach Wismar einen Abstecher zu euch machen. Könnt ihr uns zum Kaffeetrinken mit einplanen? Thorben hatte ja dann am Tag zuvor seinen Geburtstag, dann können wir ihm auch noch gratulieren."

Ursula Reimann hat äußerst gespannt diesen kurzen Bericht ihres Sohnes entgegen genommen. Extrem überrascht ist sie nicht, dass diese Beziehung auch wieder so plötzlich entstanden ist. Sie kennt Jürgen gut genug. Umso erstaunlicher ist, dass die neue Frau in seinem Leben die verschollene Zwillingsschwester der früheren ist. Das wird ein sehr, sehr interessanter Sonntag werden! Sie verspricht gerne, dass sie diese Neuigkeiten ihren beiden Töchtern und deren Familien berichten wird. Gertraud wird dann sicher ihre Schwester Doris und deren Mann Bernd Thalhammer sowie die ebenfalls zwei Kinder mit einladen. Lara streichelt Jürgen sanft das Gesicht. „Weißt du eigentlich, welch tolle Familien du dort in Niedersachsen hast. Kein bisschen Zweifel daran, dass wir mit unserer Blitzverbindung alles richtig gemacht haben. Solche Zweifel habe ich übrigens auch nicht." „Nein, auch ich nicht. Ich bin ein neuer Mensch, seit wir uns gefunden haben. Nun komm, es ist Zeit fürs Bettchen."

An der Weser

Die Zeit bis zum Aufbruch Richtung Westen vergeht wie im Fluge. Jürgen nimmt problemlos seine Termine bei den Kunden wahr, und Lara organisiert mit ihrer Familie ihre Vertretung. Sie besprechen auch schon in klarer Voraussicht, dass eine Änderung nicht mehr lange auf sich warten lässt, wie es mit der Pension weiterlaufen kann, wenn Lara ganz in die Wesermarsch umsiedelt. Und auch, was es mit Laras kleiner Wohnung geben soll.

Für letztere Frage haben die beiden Männer gemeinsam die Idee, diese Wohnung solle einfach für die demnächst entstehende Familie Reimann als Zweitwohnung bestehen bleiben. Um das Ganze sinnvoll zu ordnen, schlägt Lara selbst vor, die Besitzverhältnisse neu zu regeln. Das Mietshaus könnte ihr alleiniges Eigentum werden, im Gegenzug würden Jürgen und Elke dann Alleineigentümer des Pensionshauses, auch Inhaber des Gewerbebetriebs. Das Haus, in dem

Mutti Christa wohnt, gehört den beiden ohnehin bereits, es ist ja Elkes Erbe.

Für die Arbeitskraft Laras hat Elke auch schon einen Ersatz gefunden. Zufällig sucht aktuell die Tochter der Küchenhelferin einen Vollzeitjob, sie ist gelernte Hauswirtschafterin. Und ihre Mutter möchte ein wenig kürzer treten. Das kommt dann mit den Arbeitszeiten sehr gut hin.

Dann aber kommt die für Lara spannende Reise in Jürgens Leben. Sie können so früh aufbrechen, dass sie am Freitag trotz starken Verkehrs zur üblichen Zeit der Abendmahlzeit am großen Haus der Familie Hermes ankommen. Noch sind sie nicht ganz aus dem Auto ausgestiegen, da öffnet sich die schöne antike Haustür und Mutter Gabi kommt allein über die breite Eingangsstufe herunter. Ganz langsam und mit sichtbarer Anspannung im Gesicht. Lara hat sich genau überlegt, wie die erste Begrüßung ablaufen könnte, geht auf ihre Mutter zu, schaut ihr einen Augenblick in die Augen und nimmt sie dann sofort wortlos in die Arme.

Dass nun bei beiden Tränen rinnen, ist nicht verwunderlich. Jürgen steht daneben und wartet, was nun kommt. Gabi fasst jetzt Lara an den Armen und hält sie ein bisschen weg von sich, um sie genau betrachten zu können. „Jürgen hat recht. Du entsprichst tatsächlich Britta unglaublich genau! Da musste er ja sofort auf den Gedanken kommen, dass du ihre verschollene Zwillingsschwester bist." Lara wischt sich ihre Tränen ab. „Und du siehst genau so aus, wie ich mir immer meine leibliche Mutter erträumt habe. Sogar auf die Grübchen hatte ich gehofft." Und damit ist der Moment gekommen, dass beide herzhaft lachen können.

Plötzlich erscheinen in der breiten Haustür die Reimann-Zwillinge, und, Überraschung, auch diese beiden mit Grübchen. „Wollt ihr hier übernachten? Wir haben Hunger und sind auf unsere neue Mutter neugierig." Wie immer spielt Rieke das Sprachrohr der Beiden. Als sich aber Lara überrascht ihnen zuwendet, platzt es aus der sonst so ruhigen Anne heraus: „Mama ist auferstanden! Donnerwetter, ist das toll!" Und beide sehen kaum ihren Vater, sondern rennen Lara fast über den Haufen. Die nimmt beide zugleich in die Arme und verspricht gerührt mit fast erstickter Stimme: „So soll es sein – und auch bleiben!"

Weder Jürgen, der seine Töchter eigentlich zu kennen glaubt, noch erst recht Lara, die sie ja noch nie erlebt hat, haben erwartet, mit welcher Zuneigung sich die Zwillinge bis zur Abreise mit Lara beschäftigen. Schon beim Abendessen, das Oma Gabi liebevoll vorbereitet hat, stellen sie Lara verblüffende Fragen. Eine der ersten, die Rieke ihr vorträgt, ist: „Dürfen wir dich jetzt immer ‚Mutti' nennen? Dann gibt es kein Durcheinander mit unseren Erinnerungen an unsere Mama. Das haben wir uns so ausgedacht." Lara kommt diesem Wunsch nur zu gerne nach. So nennen in Wismar alle Kinder ihre Mütter.

Auch in ihrer Lebensgeschichte stochern die Mädchen intensiv herum. Ob „Mutti" schon mal verheiratet war, früher mal eine Beziehung hatte, wie die Familie in Wismar zusammengesetzt ist, was sie beruflich macht, und allerlei Sonstiges wollen sie wissen. Gabi und Christian staunen, und Gabi erfährt so ganz nebenbei eine Menge über ihre plötzlich aufgetauchte verloren geglaubte Tochter.

Anne hat wieder den praktischen Gedanken. „Heute und morgen Nacht schlafen wir natürlich drüben in unserem Haus. So, wie es dann bald immer sein wird. Oma, Opa, ihr seid uns doch nicht böse deswegen?" Christian lacht. „Manches wird dann für uns sogar leichter. Wir freuen uns doch auch mit euch." Nach einer behaglich verplauderten Stunde machen sich dann die vier – die drei Reimänner und die zukünftige Frau Reimann – auf den Weg in ihre eigene Wohnung.

Lara ist von diesem schönen nicht zu großen Haus auf Anhieb begeistert. In einem recht kompakten Grundriss finden sich mehr Zimmer, als sie erwartet hätte, vor allem der Mansardenbereich unter dem ziegelgedeckten Krüppelwalmdach bietet mit vier behaglichen Zimmern und einem Miniduschbad verblüffend viel Raum. Das ist das Reich der Kinder. Die Schlafstube für die Erwachsenen im Erdgeschoss ist zwar nicht sehr groß, aber durch einen riesigen Schrank vor nur einer Wand groß genug für ein kuscheliges Doppelbett. Was braucht man mehr?

Der Samstag wird für Lara ein Tag der neuen Erfahrungen und des Kennenlernens ihrer zukünftigen Heimat. Jürgen hat sich einen Weg ausgedacht, wie ganz schnell im Dorf die Information verteilt werden könne, dass er nun eine neue Partnerin hat, und – was wohl erhebliches Erstaunen hervorrufen dürfte – dass die mit seiner Britta nahezu identisch ist. Er nimmt sie einfach gleich am Morgen mit in die Dorfbäckerei, um Brötchen fürs Frühstück zu holen. Da sind um diese Zeit mindestens fünf Kunden auf einmal im Laden. Und die Frau des Bäckers wird Fragen stellen.

Sein Plan geht hervorragend auf. Zuerst einmal sind alle heftig erschrocken, als da plötzlich Britta wieder auferstanden zu sein scheint. Dann nehmen wiederum alle Anwesenden aufmerksam zur Kenntnis, dass Lara die einst verschollene Zwillingsschwester Brittas ist, und schließlich tragen alle Kunden diese Neuigkeit ins Dorf. Auch die Frau des Bäckers wird sicher emsig zur Verbreitung dieser Information beitragen. Und siehe da, als die vier am Nachmittag gemeinsam mit den Großeltern Hermes, Silke, Dirk und seinem jüngsten Bruder Lars, dem Schüler, an der Weser spazieren gehen, beglückwünschen Gabi fast alle Einheimischen, die ihnen begegnen, zur Wiedekehr ihrer verlorenen Tochter. Es hat sich herumgesprochen.

In der Nordheide

Nach einem fröhlichen Mittagessen am Sonntag, das Mutter und Tochter in ergötzlicher Eintracht gemeinsam zubereitet haben, macht sich Jürgen dann mit Lara auf den Weg zu seiner Mutter und den Geschwisterfamilien. Auch hier gibt es zuerst einige Tränen der Rührung, Laras Ähnlichkeit mit Britta ist wirklich unglaublich. Doch dann bitten Gertraud und Mutter Reimann zu Tisch, und einige gute Stücke Kuchen, Kaffee und Tee entspannen die Gemüter. Zugleich wird Thorbens Geburtstag vom Vortag noch ein bisschen weiter gefeiert.

Auch hier gibt es natürlich allerlei Fragen, aber die sind verblüffend schnell abgearbeitet. Auf Mutter Ursulas Frage, ob wohl Lara in der Wesermarsch weiter in der Pflege arbeiten wolle, antwortet die ein wenig orakelhaft: „Das wird sich in wenigen Wochen zeigen." Welchen Hintergrund diese Antwort hat, verschweigt sie erst einmal.

Jürgens Schwager Bernd Thalhammer, der lange dem allem still gelauscht hat, packt nun sein Fachwissen aus, schließlich ist er beruflich im schulpsychologischen Dienst tätig. „Ich beobachte dich, Lara, jetzt die ganze Zeit und suche die Unterschiede zu Britta zu entdecken. Es ist kaum zu glauben, aber da ist fast nichts. Normalerweise unterscheiden sich Zwillinge, auch eineiige, recht gut erkennbar voneinander. Aber in einer Studie, die ich vor Jahren einmal gelesen habe, stand, dass getrennt aufgewachsene Zwillinge einander auffällig viel mehr entsprächen als normal gemeinsam aufgewachsene. Grund für die Unterschiede sei die Konkurrenz zweier identischer Kinder, bei der eines als eine Art auftrumpfendes, das andere als eher zurückhaltendes – wie genau zu sehen bei deinen beiden Töchtern, Jürgen – durchaus verschiedene Charaktere entwickeln würden. Du, Lara, bist ein weiterer Beweis für die Sinnhaftigkeit dieser Hypothese."

Jürgen nickt versonnen. „Das erklärt mir, warum ich mich, Lara, eigentlich gar nicht in dich VERliebt habe, sondern dich bei deinem Eintreten ins Frühstückszimmer sofort GEliebt habe. Du hast das ja auch gleich gemerkt. Ach, ist das ein Geschenk, dass wir einander begegnet sind!" Als sie schließlich später Richtung Wismar aufbrechen, hinterlassen sie eine gemeinsam darüber frohe und zufriedene Familie, dass ihr Jürgen wieder glücklich ist.

Gegen zweiundzwanzig Uhr sind Lara und Jürgen schließlich zurück in Wismar. Während der entspannten Fahrt überlegen sie, woran sie in den nächsten Tagen denken und worum sie sich kümmern müssen. Lara würde liebend gerne gleich nach den Wismar-Wochen ihres Jürgen mit ihm in die Wesermarsch umsiedeln. Ob das so einfach zu organisieren ist, wird sich in den beiden nächsten Wochen zeigen. Jedenfalls werden sie das den Zwillingen gegebene Versprechen einlösen und die Beiden am nächsten Wochenende für die verbleibende Woche nach Wismar holen. Die sind natürlich reichlich neugierig auf die neuen Verwandten dort.

Pläne

Um ernsthaft an Zukunftspläne herangehen zu können, muss Lara zuerst einmal klären, ob ihr Bruder und ihre Schwägerin sie bereits ab dem übernächsten Wochenende werden entbehren können. Aus ihrer Pflege-Halbtagsbeschäftigung kommt sie problemlos raus, da sie noch in der Probezeit ist und fristlos – sogar ohne Angabe von Gründen – kündigen kann. Das wird also wohl die allererste Maßnahme, und dann kommt das wichtige Grundsatzgespräch mit Elke und Jürgen.

Die Beiden waren übers Wochenende bereits intensiv mit Laras zu erwartender Frage beschäftigt. Es war ja zu erahnen, dass die möglichst schnell, am liebsten sofort, zu Jürgen übersiedeln wolle. Bereits über dieses Wochenende war nun klar zu erkennen, dass die neue Kraft, die schon einige Stunden geholfen hat, gut für die Zukunft der Pension geeignet ist. Also steht einem Abgang Laras nichts im Weg, zumal Mutti Christa zugesagt hat, für Engpässe jederzeit bereit zu stehen.

Die in der vergangenen Woche besprochenen Veränderungspläne aller Eigentumsverhältnisse werden nun in einem Vorvertrag festgeschrieben, den Jürgen Schubert dann sofort einem ihm gut bekannten Notar übergibt, der das alles zuerst zu notariellen Vereinbarungen weiterentwickeln wird. Dann wird er nach entsprechender Unterzeichnung und Beglaubigung die Änderungen im Grundbuch veranlassen. Das ist für alle Beteiligten eine gute Aussicht.

In der Wesermarsch muss gar nichts verändert werden. Ausnahme ist nur der Familienstand des Liebespaars. Im Wismarer Familienrat beschließen alle gemeinsam, die Eheschließung für ein Wochenende zu planen, zu dem, wohl eher zufällig, die Buchungen für die Pension überschaubar geblieben sind. Da wird das Personal locker auch ohne die Familie Schubert zurechtkommen können. Fernmündlich werden die Wesermärscher sofort mit in diese Planung einbezogen.

Lara und Jürgen sind sehr gespannt, ob der sofortige Verzicht Laras auf Verhütungspraktiken Folgen hat oder nicht. Sollte sie schwanger geworden sein oder jetzt sofort werden, wäre das beiden durchaus recht. Und eben ein weiterer sinnvoller Grund, so schnell als möglich zu heiraten. Zweifel an der Richtigkeit ihrer Zukunftspläne haben beide nicht, auch nicht ansatzweise.

Die folgende Arbeitswoche lässt genügend Zeit, vor allem abends, sich intensiv mit den Einzelheiten dieser Zukunftspläne zu beschäftigen. Der Termin für die Hochzeit am Freitag und Samstag vor dem Ersten Advent steht ja nun bereits fest. Nach der Umsiedlung Laras in die Wesermarsch sollen dann sofort das Aufgebot bestellt und der obligatorische Besuch beim Gemeindepfarrer durchgeführt werden. Im Standesamt der Gemeinde und im Pfarrbüro hat Lara gleich Montagfrüh die Termine sowohl für die beiden Trauungen als auch die Vorgespräche fernmündlich vereinbaren können. Ein Arbeitstag Jürgens im Büro der GHR hat sich dafür angeboten. Gunnar lässt ihm dazu die Planungsfreiheit für diesen Tag.

Jürgen benötigt für die Feiern keine neue Garderobe, einen entsprechenden Anzug mit allem Notwendigen hat er zu Hause im Schrank. Eine Frau hat es da schon schwerer. Aber mit Mutti Christas Unterstützung ist auch für Lara flott alles ausgesucht, anprobiert und zur perfekten Anpassung an ihre Figur in die Werkstatt verbracht. Das kleine Modehaus hat auch schon Elke ausstaffiert, bei ihrem bereits deutlich sichtbaren Bäuchlein mit zwei wunderschönen, diese körperliche Besonderheit geschickt kaschierenden Gewändern. Lara wählt extrem schlichte Mode, die nach dem Urteil ihrer Mutti ihre Attraktivität besonders zur Geltung kommen lässt. Jürgen ist sehr gespannt, wie das wohl aussehen wird.

Schon am zweiten Abend wird dann besprochen, ob überhaupt und, wenn ja, was umgezogen werden muss. Lara zieht ja in ein vollständig ausgestattetes Haus mit ein. Ihre Möbel bleiben also alle in

Wismar. Nur ihr schmales Bett im Hochparterre wird gegen das große aus dem Gästezimmer getauscht werden. Nein, noch besser, statt des Einzelbetts kommt nach unten ein neues solides Etagenbett für die Zwillinge. Dadurch entsteht ordentlich Platz, damit die Mädels bei schlechtem Wetter auch in der Wohnung bleiben und sich beschäftigen können. Für Laras sonstige Besitztümer werden sofort einige solide Umzugskartons beschafft, soweit möglich schon gepackt und im Firmenkombi verstaut. Zum Glück lassen sich die hinteren Sitze völlig zusammenklappen, sodass eine große Ladefläche entsteht. Die Reste passen bei der Rückfahrt mit den Mädchen locker in den Laderaum. Besser geht's gar nicht.

Durch Packen, Möbelkauf und -umrüstung vergeht die Woche wie im Flug. Lara nimmt dann am Vorabend der Reise in die Wesermarsch ihre Dokumentenmappe noch einmal zur Hand und schaut, ob sie alles beieinander hat, was sie dort sogleich greifbar haben muss. Geburts- und

Taufurkunde, Sozialversicherungsausweis, allerlei Krankenkassen- und Rentenunterlagen sowie auch andere Versicherungspolicen. Jürgen betrachtet mit Neugier die Geburtsurkunde – und fängt schallend an zu lachen. Lara ist ein bisschen irritiert: „Was ist denn da so lustig an meiner Urkunde?" „Ich wusste ja, dass die DDR-Behörden sozusagen freihändig sowohl deinen Vornamen und den Geburtsort als auch ein Geburtsdatum dokumentieren mussten. Dass die aber so treffsicher gewesen sind, das sie dich nur einen Tag vor eurer Geburt haben zur Welt kommen lassen, das ist doch grandios. Brittas Geburtstag war nämlich der 16. April 1985, und deiner wurde auf den 15. April festgelegt. Das ist doch irre!"

Trotz des wöchentlich typischen Freitagnachmittag-Verkehrsgewühls brechen sie dann schon an eben diesem Freitag gegen fünfzehn Uhr auf. Lara lotst ihren Jürgen geschickt über Bundes- und Landstraßen an Hamburg vorbei und über Gadebusch, Ratzeburg und Mölln bis zur Elbbrücke bei Geesthacht. Anschließend in einem Schlenker entlang der Elbe nach Seevetal und dort erst auf die A1. Das geht verblüffend flott, natürlich langsamer als zu ruhigen Zeiten über die Autobahnen, aber richtig entspannt. Und Jürgen kommt dadurch bis Geesthacht durch Gebiete, in denen er noch nie gewesen ist. Zu einem nur leicht verspäteten Abendessen bei Mutter Gabi hat es jedenfalls gut gereicht. Dabei schon besprechen sie die ersten Organisationsfragen. Vater Christian bietet seinen Transporter für den Umzug an und staunt nicht schlecht, dass es einen solchen gar nicht geben wird. Abgesehen von dem Transport der Umzugskartons, deren mindesten zwei Drittel bereits in Jürgens Kombi mitgekommen sind. Die Mädchen möchten wissen, ob sie in Wismar richtige Betten vorfinden werden. Schmunzelnd orakelt ihr Vater: „Ihr werdet staunen." Und Gabi hat schon angefangen, die Hochzeitsfeier zu planen. Ausführliche Gespräche darüber werden aber auf den folgenden Tag verschoben.

Anne und Rieke helfen anschließend noch mit großem Eifer, die Umzugskartons ins Haus zu schaffen. Rieke schlägt vor: „Mutti, morgen gehen wir dann an die Kleiderschränke, da sind noch einige Sachen von Mama drin. Zum Glück ist aber noch eine Menge Platz. Und der riesige Wohnzimmerschrank ist fast leer, Papa konnte viele Sachen, die ihn an Mama erinnert haben, nicht mehr ertragen. Aber ihre Lieblingssachen sind noch da, Anne und ich haben darum gebettelt, dass er sie behält." Jürgen nickt: „Und das ist gut so, jetzt freue ich mich an diesen Erinnerungsstücken." Spontan nimmt er Lara in den Arm und küsst sie herzhaft. „Und du bist Erinnerungsstück, Gegenwart und Zukunft in einer Person." Die Zwillinge verschwinden nun vergnügt in ihr Stockwerk, und auch die beiden Erwachsenen sind nach diesem langen Tag reif für die Schlafstatt. Der nächste Tag soll ja der Schaffung sinnvoller Ordnung in den Schränken sowie dann intensiv der Vorbereitung der Hochzeitsfeier gewidmet sein.

Herbstferien

Anne und Rieke sind früh genug wach, um ihrer neuen Mutti und ihrem Papa eine kleine Freude zu machen. Sie schlüpfen in ihre Kleidung und gehen in die Bäckerei, um die Frühstücksbrötchen zu besorgen. Zurück im Haus decken sie den Frühstückstisch und setzen die alte treue Kaffeemaschine in Gang. Kaum fängt die an zu gurgeln, steht Lara in der Tür. „Donnerwetter, was seid ihr tüchtige Kinder. Papa kommt auch gleich, er rasiert sich noch." Die stillere Anna hat es zuerst gesehen. „Du hast ja Mamas Hausanzug an. Also sogar den gleichen Klamottengeschmack wie sie hast du. Ach, ist das schön. Da müssen wir jetzt aufpassen, dass wir nicht Mama zu dir sagen." Rieke lacht. „Na, und wenn schon. Das ist doch nur ein Beweis dafür, wie lieb wir dich schon haben."

Die anschließende Einräumerei von Laras Sachen entwickelt sich zu einer vergnügten Lehrstunde. Sie lernt viel über ihre verstorbene Zwillingsschwester, und Jürgen sowie seine Töchter lernen ihr neues

Familienmitglied recht intensiv kennen. Und entdecken nun den ersten klaren Unterschied. Mutti Lara hat eine andere Sorte Humor. Sie nimmt einige schwierigere Dinge erheblich weniger ernst, als Mama Britta das tat. Britta war außerordentlich ordnungsliebend. Lara ist das in gewisser Weise zwar auch, aber Ausnahmen stören sie weniger, sie lässt eher mal einen drolligen Spruch dazu los. Die Kindheit in der Pension hat ihr wohl eine etwas andere Sicht der Dinge ermöglicht.

Ohne dass Jürgen das bemerkt hätte, hat sie bereits in Wismar für das Mittagessen an diesem Samstag allerlei Vorbereitungen getroffen. Im Handumdrehen ist ein vollständiges Menü auf dem Tisch. Und die Mädchen durften ihr in der Küche helfen. Anschließend geht´s wieder an die Weser. Auf dem Spazierweg vorm Deich begegnen sie nun doch noch allerlei Bekannten Jürgens oder der Kinder, denen sie eine Menge Fragen beantworten müssen. Jedenfalls ist Lara im Großen und Ganzen an diesen Wochenenden die Attraktion des Dorfes.

Zurück geht es dann zur Familie Hermes. Knut, der Mittlere, der in Vechta studiert, ist gekommen, die „neue" Schwester kennen zu lernen. Und Lars, der Jüngste, der sie ja am Vorwochenende schon kennen gelernt hat, ist trotzdem auch zu Hause. Obwohl er am Abend zu einer Party geladen ist, mit der der Beginn der letzten Herbstferien vor dem Abitur gebührend gefeiert werden soll. Er hat sich mit zwei Wiederholungen redlich durch das Gymnasium gequält, ist jetzt aber sogar ein überdurchschnittlich guter Schüler.

Am Sonntag brechen Jürgen, Lara und die Kinder schon recht früh auf. Gerade die Zwillinge sind die Antreiber, sie sind gewaltig neugierig auf Laras Familie. Zum Mittagessen kehren sie unterwegs einfach ein. Da Lara vermutet, dass ihre Mutti in der Pension zu finden ist, fahren sie direkt nach dort. Und tatsächlich, Christas blaues Fahrrad steht am gewohnten Platz. Sie ist dann auch die Erste, die die Ankömmlinge begrüßt. Die Mädchen betrachten sie eine Weile aufmerksam, dann prescht Rieke wie fast immer vor: „Wenn dir das so recht ist, nennen wir dich Großmutti, die beiden anderen Großmütter nennen wir nämlich Oma und Omi, auch, damit wir immer wissen, wen wir meinen." „Aber sicher ist mir das so recht. Nun kommt erst mal herein."

Die Hausgäste haben alle, soweit sie das bestellt hatten, ihr Abendbrot bereits eingenommen. Elke hat daraufhin den größeren Tisch erneut eingedeckt, für Ihre Schwiegermutter und die vier Angereisten. Die Zwillinge haben aber zuerst Wichtigeres zu tun. Sie stehen an Hannahs Kinderwagen und bestaunen das schlafende kleine Mädchen. „Ach, ist die süß!" Rieke ist ganz begeistert. Und Anna streichelt behutsam ein Händchen der Kleinen. Dann aber ist doch der Hunger stärker. Und die Lust, sich mit der neuen Verwandtschaft vertraut zu machen. Viele Fragen hin und her werden besprochen. So wird es reichlich spät für die Kinder, als Jürgen dann doch zum Aufbruch mahnt.

Die Zwillinge finden in Laras Wohnung natürlich zuerst einmal die Wendeltreppe richtig interessant. Und dann erstrecht die Etagenbetten. Lara und Jürgen sind sehr gespannt, ob es vielleicht um das obere Bett eine Auseinandersetzung geben wird. Aber, Überraschung, ohne auch nur ein einziges Wort Absprache legt Rieke ihre Tasche auf das untere Bett und Anna die ihre auf das obere. „Habt ihr ein Etagenbett erwartet?" Jürgen fragt das ganz verwundert. „Nee, aber im Juni im Schullandheim haben wir das Ein für Allemal geklärt."

Die neue Kraft ist schon in der Pension am Werk. Dadurch hat Lara recht viel Zeit für die Mädels und zeigt ihnen in den Stunden, die ihr Vater in den Firmenbüros zubringt, nicht nur die schöne Hansestadt selbst, sondern auch so manche hübsche Stelle an der See.

Ein sehr schönes Erlebnis wird die zufällige Begegnung mit Laras ehemaliger Klassenlehrerin, einer munteren alten Dame, die nach ihrer Ruhestandsversetzung mit ihrem Mann auf die Insel

Poel in sein Elternhaus gezogen ist. „Ach, Lara, das ist ja schön, dich mal wieder zu treffen. Und Kinder hast du auch schon. Die sind dir aber wirklich wie aus dem Gesicht geschnitten. Kinder, was seht ihr eurer Mutter so ähnlich!" Die kecke Rieke kann es sich daraufhin nicht verkneifen, die alte Dame zu verunsichern. „Ach, wissen sie, das ist gar nicht unsere Mutter, sondern die neue Freundin unseres Vaters. Unsere Mutter lebt schon länger nicht mehr." Zum Glück steht in der Nähe eine Bank mit Blick auf die Ostsee, auf der Lara dann ihrer ehemaligen Lehrerin die seltsame Ähnlichkeit der Zwillinge mit ihr und die ganzen verwunderlichen Umstände erklären kann. „Das ist eine Geschichte für meinen Mann. Der war doch mehrere Jahre lang Steuermann auf einem der drei Wismarer Boote der ‚Grenzbrigade Küste'. Von 1984 bis 1988. Vielleicht weiß der etwas von einer Kleinkindrettung. Ich werde ihn fragen. Und du gibst mir bitte deine Telefonnummer, ich rufe dich heute Abend an. Mein Lothar ist nämlich jetzt mit seinem kleinen Boot draußen, er kann´s ja noch immer nicht lassen." Fröhlich verabschiedet sich die alte Dame.

Tatsächlich meldet sich Laras ehemalige Lehrerin am Abend per Telefon. „Lothar erinnert sich, dass eines der anderen Boote Anfang Juni 1987 ein Kleinkind in Schwimmweste aus der Bucht geborgen hat. Aber sonst kennt er keine näheren Umstände. Er hat aber versprochen, sich darum zu kümmern, ob noch das Logbuch des anderen Bootes irgendwo existiert. Das von dem Boot, auf dem er gearbeitet hat, und auch das von dem vor Anker gelegenen Vorpostenschiff sind jedenfalls im Archiv des ehemaligen Stabsquartiers Rostock zugänglich." Ob sich da eine brauchbare erste Spur auftut? Lara und Jürgen sind äußerst gespannt. Jedenfalls bekommt die alte Dame sofort die zukünftige Adresse Laras. Die Rückkehr in die Wesermarsch wird dann zugleich der Einzug Laras in ihre neue Heimat. Eine Zeit der Eingewöhnung und der Erfassung aller wichtiger Lebensumstände beginnt.

Die Hochzeit

Die Hochzeitsvorbereitungen nehmen dabei einen breiten Raum ein. Die gerade noch vor der Umsiedlung fertiggestellten Kleider werden von Mutter Gabi verwahrt. Ihren Jürgen damit zu überraschen will sich Lara nicht nehmen lassen. Es soll eine Doppelhochzeit werden, Silke und Dirk haben sich das so überlegt und mit Silkes sehr kleiner Familie – nur Mutter, Vater und kleine Schwester – abgeklärt. Das Feierlokal im Dorfkrug, die entsprechenden Speisen und Getränke sowie eine Gästeliste, die es nun durch Einladungen abzuarbeiten gilt, sind flott erarbeitet. Und die Termine der Vorgespräche in Standesamt und Pfarrhaus waren eh schon am dritten Nachmittag und Abend. Für das zweite Novemberwochenende ist aber noch etwas ganz Besonderes geplant. Gabi und Christian Hermes wollen mit den Vieren aus dem Reimann-Haus über eine Nacht nach Wismar. Ursula hat ihr Gästezimmer im Häuschen angeboten.

Diese erste Begegnung der beiden Familien Laras wird eine zuerst außerordentlich tränenreiche Angelegenheit, endet aber für alle Beteiligten mit dem guten Gefühl, einander sehr nah gekommen zu sein. Lara ist überglücklich darüber. Nach der Rückkehr eröffnet sie ihrem Jürgen, dass sie wohl am nächsten Tag zur Apotheke im Städtchen fahren muss. Inzwischen sei unmissverständlich klar, ein Schwangerschaftstest ist fällig. Daraufhin eröffnet ihr Jürgen, dass er für sie ein kleines gebrauchtes Auto gefunden und gekauft habe. Damit ist sie nun mobil.

Als der Test dann tatsächlich positiv ausgefallen ist, sie ihrer Mutter Gabi die Neuigkeit überbracht und auch die Zwillinge davon im Kenntnis gesetzt hat, besorgt ihr ihre Mutter sofort einen Termin bei ihrer Frauenärztin im nahen Städtchen. Der erste ist für den Dienstag nach der Hochzeit zu bekommen und wird auch gleich bestätigt.

Die Quartierfrage für die Hochzeitsgäste löst Gabi in bewährter Weise. Fast alle, die etwas weitere Wege haben, werden in den hübschen Zimmern des Dorfkrugs einquartiert, lediglich Mutti Christa und Mutter Ursula kommen in den Mansardenzimmern bei den Zwillingen unter. Und die kleine Familie Schubert bekommt das Gästezimmer im Haus Hermes, das – praktisch für den Kinderwagen – im Erdgeschoss liegt.

Eine besondere Überraschung ist pünktlich zum Hochzeitstag aus Poel gekommen. In einem dicken Briefumschlag haben Laras ehemalige Lehrerin Else Tietz und ihr Ehemann Lothar einige Fotokopien und einen erklärenden Begleitbrief geschickt. Diese Unterlagen werden sich die jungen Reimänner gleich nach der Abreise der Gäste sorgfältig vornehmen. Das steht fest. Nun aber geht es zuerst zum Standesamt. Zu ihren Trauzeugen haben sich die Beiden ihre Geschwister Jürgen Schubert und Gertraud Reimann erwählt, die ihnen diesen kleinen Ehrendienst mit großer Freude erweisen. Jürgen kommen Erinnerungen, aber dank Lara an seiner Seite erlebt er die als wunderschön.

Britta und Lara, immer wieder verschwimmen in ihm die Konturen; aber es macht ihn glücklich, von beiden sofort geliebt worden zu sein.

In der Kirche am nächsten Tag gibt es eine Überraschung. Eine der ehemaligen Kolleginnen Brittas ist die Leiterin eines kleinen Chores, der in der Kreisstadt probt und auch vorwiegend auftritt. Und heute gestaltet er mit vier wunderbaren Chorliedern den Trauungsgottesdienst in ganz besonders anrührender Weise mit. Natürlich haben Gabi und Christian, die davon wussten, im kleinen Clubraum des Krugs eine Kaffeetafel für die Sänger vorbereiten lassen.

Im großen Saal, in dem die Familienfeier stattfindet, vermisst die Familie Hermes nach überraschend kurzer Zeit ihren Studenten Knut. Lars geht ihn suchen. Nach geraumer Zeit findet er ihn auch. Im Clubraum im angeregten Gespräch mit einer der wohl jüngsten Sängerinnen. Lars erkennt sie jetzt auch. Sie war mit Knut in der gleichen Klasse im Gymnasium. Da stört er lieber nicht, denn er sieht als aufmerksamer kleiner Bruder, dass zwischen Knut und dieser Kristin gerade erheblich mehr abläuft als nur die zufällige Begegnung zweier Klassenkameraden. Er hat das richtig durchschaut, denn zum Abendessen gibt es auf einmal einen zusätzlichen Stuhl, ein zusätzliches Gedeck und eben diese Kristin als zusätzlichen Gast. Mutter Gabi ist reichlich verdutzt, hat sie doch zuvor keine Ahnung davon gehabt, dass ihr Zweiter etwa ein Auge auf diese junge Dame geworfen hätte. Später stellt sich heraus, das wäre auch gar nicht möglich gewesen, denn wirklich erst in der Kirche im Hochzeitsgottesdienst seiner wiedergefundenen Schwester und seines Bruders hat sich Knut spontan in diese seine frühere Klassenkameradin verliebt. Gabis Kind halt. Ob bei Britta, Lara, Dirk oder jetzt Knut, immer geschah das plötzlich. Bei ihr und Christian ja schließlich auch.

Am Sonntagmorgen sind die Zwillinge wieder die Brötchenkäufer. So viel Aufregendes und liebe Gäste, wie soll man da lange schlafen können? Für die Erwachsenen wird's aber zum Frühstück dermaßen spät, dass sich die Gäste alle, auch die im Krug und in der Hermeswohnung, anschließend sofort auf die Heimreise begeben. Zum Glück herrscht noch kein allzu kaltes Winterwetter, so kommen alle ganz entspannt nach Hause. Anne und Rieke wollen wissen, was es am späten Abend mit Knut und Kristin gegeben hat, und rennen rüber zu den Großeltern, um das zu erfragen. Da gibt es eine kleine Überraschung: Knut ist in der Nacht mit Kristin nach Hause. Jetzt sind sie gerade mit Kristins Kleinwagen wiedergekommen, denn Knut muss ja am Abend zurück nach Vechta. Wieder ein neues Familienmitglied. Und nun wird das gründlich ausgefragt.

Der Fund

Während die Mädchen mit Sorgfalt ihre Neugier stillen, und damit auch die ihrer Großeltern, packen Lara und Jürgen noch einige Geschenke aus, die bisher aus Zeitmangel unbeachtet geblieben sind. Zum guten Schluss nehmen sie sich dann die Schriftstücke vor, die das alte Ehepaar Tietz aus Poel geschickt hat. Laras ehemalige Lehrerin schreibt dazu:

„Liebe Lara,

mein Mann hat sich richtig Mühe gegeben, an irgendwelche Notizen oder Dokumente aus der Zeit heran zu kommen, zu der das „Niemandskind" aufgefischt und an Land gebracht worden war.

Schaut Euch alles in Ruhe an, vielleicht kommt Ihr mit diesen Informationen auch bei anderen Behörden ordentlich weiter. Das sollte doch wohl möglich sein.

Dann beschäftigt Euch mal schön mit diesen Blättern.

Herzliche Grüße und Glückwünsche zur Hochzeit
Eure Else und Lothar Tietz"

Das erste Blatt ist eindeutig die Fotokopie einer Logbuchseite – vermutlich des von Lothar Tietz genannten Boots der „Grenzbrigade Küste". Dort findet sich unter dem 03.06.1987 folgender Eintrag:

„Bewölkt, 14 Grad Mittagstemp., Flaute, nachmittags gegen 14.45 Uhr plötzlich kurzer orkanartiger Sturm (Windhose?), dann wieder Flaute. 14.56 Uhr Sichtung: treibendes Bündel. Aufgegriffen: kleines Kind in Pouch-Schwimmweste. Keine sonstigen Personen im Wasser. 15.23 Uhr vorschriftsgemäße Übergabe an Vorpostenschiff."

„Das stimmt schon mal, du bist am 3. Juni 1987 abhanden gekommen. Und dass damals diese Windhose war, bestätigt sich hier also auch. Lass uns nun schauen, was die nächste Kopie für Dich bereit hält." Jürgen gerät richtig in Jagdeifer. Das nächste Schreiben liest sich um Einiges schwerer als das erste. Der Logbucheintrag des Bootes ist nämlich sehr sauber handschriftlich verfasst, der aber des Vorpostenschiffs ist von einer Sauklaue geschrieben. Aber mit Geduld ist auch der zu entziffern.

„03.06.1987 unterkühltes kleines Mädchen von Brigadeboot Drei übernommen. Trägt eine Pouch-Schwimmweste, also vermutlich Kind von Republikflüchtlingen. Ohne Familie. Vermutung: sind unter Verlust des Kindes geflohen. Kind sagt ständig: ,Mama, Papa, Blitta, Boot, Ich Lara' (oder Sarah oder Jara?). Medizinisch erstversorgt.

Schläft jetzt. Wird morgen dem Referat Jugendhilfe der Hansestadt Wismar übergeben. "

Lara setzt sich auf Jürgens Schoß. „Siehst du, die hätten mich auch Sarah nennen können. Und ich habe ‚Blitta" zu Britta gesagt. Da war wohl wirklich unser bekanntes Zwillingslispeln eine Schwierigkeit, wie du schon vermutet hast. Jetzt schau mal, das nächste Blatt ist mit einer – nicht gerade sehr sauber gepflegten – Schreibmaschine geschrieben."
Sie liest vor:

„Friedrich Brockmöller, diensttuender Kapitän des Vorpostenschiffs vor der Wismarer Bucht

An das Referat Jungendhilfe der Hansestadt Wismar (und dann eine geschwärzte Adresse)

Wismar, 04.06.1987

Sehr geehrte Damen und Herren,

unsere Decksfrau Erika Schulte überbringt ihnen mit diesem Überstellungsschreiben ein von unseren Leuten aus der See gefischtes Kleinkind. Das kleine Mädchen wurde von uns medizinisch erstversorgt und soweit möglich befragt. Seine Antworten sind sehr stereotyp, es dürfte durch die Ängste im Wasser, einsam und verlassen, einen erheblichen Schock erlitten haben. Immerhin scheint es den Vornamen ‚Lara' zu tragen.

Das Kind verdankt sein Leben einer gut sitzenden Kleinkinder-Rettungsweste aus der Serienfertigung des volkseigenen Kombinats ‚Poucher Faltboote' bei Bitterfeld, was darauf hinweist, dass es ein Kind einer Familie aus der DDR sein dürfte. Angesichts der Fundstelle vermute ich, dass es sich entweder um ein verlorenes oder um ein alleine übrig gebliebenes Kind von illegalen Republikflüchtigen handeln muss, die vielleicht in der Windhose von gestern ums Leben gekommen sind. Damit sind jedenfalls Sie als zuständige Behörde für alle weiteren dieses kleine Findelkind betreffenden Maßnahmen zuständig.

Wir, die Schiffsbesatzungen der Grenzbrigade Küste, wünschen der Kleinen alles Gute.

Mit besten Grüßen

Friedrich Brockmöller, Kapitän (so muss es wohl heißen, wenn es auch kaum zu lesen ist).“

Jürgen und Lara beschließen sofort, am Abend Mutter Gabi zu fragen, ob die Kinderschwimmweste tatsächlich aus einer DDR-Produktion gestammt hat, oder ob die Soldaten der Grenzbrigade sich da irgendwas zusammen gelogen haben. Nun aber wollen sie zuerst noch den nächsten Schriftsatz entziffern. Er ist der Klaue nach wieder vom Kapitän

Brockmöller. Und dürfte aus einem privaten Tagebuch kopiert worden sein.

„18. Juni 1987. Seit etwa einer Stunde geht es mir verdammt schlecht. Unser Abfangfunker Kassner hat heute einen ohne Absicht mitgeschnittenen Funkspruch des westlichen Bundesgrenzschutzes vom 03.06.1987 an das Stabsquartier in Rostock gefunden und in einen Schriftsatz übertragen, den ich zweimal gelesen und dann vernichtet habe. Kassner hat die Aufzeichnung ebenfalls gelöscht, wie er mir versichert hat. Der westliche Bundesgrenzschutz hat in Rostock angefragt, ob wohl ein kleines etwa zweijähriges Mädchen tot geborgen worden sei. Es sei zusammen mit seinem Vater in der Travebucht aus einem im Sturm gekenterten Boot geschleudert worden. Der Vater jedenfalls sei tot geborgen worden, das Kind aber verschollen. Das betraf wohl unser Niemandskind. Und wurde vom Stab unterschlagen. Eine fürchterliche menschenverachtende Sauerei!"

Lara versagte fast die Stimme und Jürgen war bleich geworden. Dieser recht menschenfreundliche Kapitän hatte – wenn auch sichtlich viel zu spät – davon erfahren, dass Lara ein Westkind gewesen war. Und war diesem Wissen gegenüber völlig hilflos. Die letzte und größte Überraschung dieses dicken Briefes war aber eine Notiz auf dieser Tagebuchseitenkopie:

„Brockmöller lebt noch, und zwar in Neubukow. Wenn Ihr mal wieder in Wismar seid, fahre ich mit Euch zu ihm hin. Gruß, Lothar Tietz"

126

Gabis Erinnerungen

Natürlich packen Lara und Jürgen sofort diese Schriftstücke wieder zusammen und gehen damit hinter den Kindern her ins Haus Hermes. Gabi hat das erwartet und mit Silke gemeinsam eine Art Kuchen-, Kaffee- und Teebuffet aufgebaut. So wird es für die Verbliebenen mit den Resten vom Vortag ganz gemütlich. Lara kann nun nicht mehr warten. Sie übergibt ihrer Mutter den dicken Brief und bittet sie, den Inhalt jetzt sofort zu lesen.

Alles, was die dort nun erfährt, hat sie sich immer schon so oder so ähnlich vorgestellt, seit ihr Kind Sarah als Lara wieder in ihr Familienleben zurückgekehrt ist. Völlig neu ist lediglich, und auch für sie erschreckend, dass die DDR-Behörden eine Anfrage aus dem Westen einfach unterschlagen haben. Vermutlich hatten die auf diese Weise dann die Möglichkeit, Lara als „Kind asozialer Eltern" direkt in ein Adoptionsverfahren zu bringen. Die sicherlich arglose anfängliche Vermutung des Kapitäns Brockmöller, Lara sei einer flüchtenden

DDR-Familie verloren gegangen, kam den Verantwortlichen vermutlich recht gelegen. Dass diese Adoption Lara dann zufällig in die Familie Schubert brachte, kann angesichts dessen wirklich nur eine glückliche Fügung genannt werden.

Zur Frage, ob die Rettungsweste tatsächlich ein Produkt der DDR-Firma „Poucher Faltboote" gewesen sei, hat Mutter Gabi tatsächlich noch eine hilfreiche Erinnerung verfügbar. „Wir, mein Mann Kai und ich, hatten viel Zubehör für unsere Boote von einem Lübecker Fachhandelsbetrieb geliefert bekommen. Die meisten Dinge trugen das Logo „Pouch". Wir wussten aber damals gar nicht, dass diese Sachen alle Importe aus der DDR waren."

Vater Christian meint sich sogar zu erinnern, dass sein Schwager und seine Schwester noch immer in ihrem Verleihbetrieb eine Menge dieser Pouch-Sachen verwenden. Dass der Bundesgrenzschutz seinerzeit intensiv ermittelt hat, ist Gabi auch noch deutlich vor Augen. Ein höherer Beamter in Uniform hat sogar mehr als einen halben Tag gemeinsam mit Fachleuten verzweifelt die ganze Westbucht untersucht und schlussendlich von „gründlicher Recherche ohne jedes Ergebnis" gesprochen.

Die Bevölkerung der Dörfer am westdeutschen Ufergebiet der Bucht der Travemündung war daran gewöhnt, dass immer wieder „Republikflüchtlinge" ihre Strände erreichten. Besonders der Nordstrand von Kellenhusen und der Strand von Dahme waren für solche Landungen berühmt. Man vermutete, dass bestimmte Strömungen dieser Ostseebucht schwimmende oder in kleinen Boten Geflüchtete genau dort in Landnähe trieb.

Der Gedenkstein „Flucht über die Ostsee" wurde nicht etwa zufällig am Nordostzipfel dieses Strandbereichs am Ufer des Strandes von Dahme errichtet. Manche Geflüchtete wurden sogar von Mietern der Sievers-Boote aufgefischt und am Firmensitz sofort den bundesdeutschen Behörden anvertraut. Gabi hat das alles noch in klarer Erinnerung und deshalb auch Verständnis für die Vermutungen des Kapitäns. „Wenn ihr wieder in

Wismar seid, dann besucht den guten Mann auf jeden Fall. Wer weiß, woran außerdem er sich noch erinnert."

Als sich am Abend dann die kleine Nachfeier der Doppelhochzeit aufgelöst hat, Silke und Dirk in ihr gerade noch rechtzeitig bezugsfertig renoviertes Haus am Dorfrand gefahren und die Zwillinge ziemlich erschöpft schlafen gegangen sind, wird für Lara und Jürgen noch die Schwangerschaft Laras das letzte Gesprächsthema. Der Dienstag wird erweisen, wann etwa die Geburt stattfinden könnte, und wie gesund Lara jetzt ist. Sie selbst fühlt sich pudelwohl, nur die typischen Veränderungen der Selbstempfindung machen sich bei ihr langsam bemerkbar. Ihre Mütter haben sie aber darauf gut vorbereitet. Und dank Jürgens guten Verdienstes, außerdem im Gedanken an seine dann drei Kinder, freut er sich über Laras Entscheidung, zumindest vorerst nicht wieder in der Pflege zu arbeiten.

Der Arztbesuch

Gabi konnte bei ihrer Frauenärztin gerade noch den letzten Nachmittagstermin erwischen, dies auch nur, weil eine Patientin kurzfristig abgesagt hatte. So kann Jürgen es sich sogar einrichten, mit seiner Frau zur Praxis zu fahren. Aus seiner Zeit mit Britta weiß er, dass die Ärztin es ganz gerne hat, wenn die werdenden Väter bei den Untersuchungen und Gesprächen zugegen sind. Sie ist der Auffassung, eine Schwangerschaft sei Sache der beiden, die sie gemeinsam verursacht hätten.

Die freundliche Dame am Empfang ist nicht erstaunt, dass Lara mit der früheren Frau Reimann so identisch ist. Gabi hatte das am Telefon angekündigt, und diese Frau Frerichs hat diese Besonderheit dann auch ihrer Chefin mitgeteilt. Als Lara aber ihre Versicherungskarte über den Tresen schiebt, macht diese Ina Frerichs große Augen. Es ist ja noch die Karte der Lara Schubert. Bis die Familienversicherung mit Jürgen greift, werden noch einige Tage vergehen, und Lara ist ja offiziell arbeitslos, wenn auch durch ihre Kündigung gesperrt. Ihr Versicherungsschutz ist davon aber nicht betroffen.

Ina Frerichs verschlägt der Blick auf die Karte kurz die Sprache. Dann fragt sie: „Wie geht´s denn deinem Bruder Jürgen, Lara?" Da ist die natürlich kurz sprachlos. Nun kommt ihre Gegenfrage, und sie verwendet auch gleich die Anrede „Du": „Woher kennst du meinen Bruder?" Ina Frerichs lacht. „Na, schließlich ist deine Adresse auf der Karte die meines Elternhauses, das unsere Familie 1994 deinen Eltern verkauft hat. Mit Jürgen war ich in einer Klasse in der Grundschule. Und du warst die frechste Kleine unserer ganzen Straße." Lara staunt. „Dann bist du die Ina Fischer. Ist ja irre! Ja, wie geht's meinem Bruder? Jürgen war wegen seines exotischen Gesichts immer ein bisschen der Mädchenschwarm unserer Mittelschule. Er nutzte das ganz geschickt für allerlei unverbindliche Knutschereien. Nur eure Klassenkameradin Elke Köhnke hat er nie angetastet, die war ihm zu wertvoll. Jetzt ist er mit Elke verheiratet, und sie sind Inhaber der Pension. Sie haben eine süße Tochter. Und euer Haus ist mein Eigentum."

„So, genug Überraschungen. Ihr müsst noch ein wenig warten, gegen Ende der Sprechzeit verschieben sich die Termine schon mal um Einiges nach hinten. Also geht mal brav ins Wartezimmer. Ach, Lara, was ist das eine Freude, dass wir uns hier wieder begegnen, und das vermutlich häufiger." Die Untersuchung der Ärztin bestätigt diese Vermutung. Sie erbringt die erwartete Erkenntnis, dass dieses kommende Kind wohl ein Soforterfolg der Beziehung Laras mit ihrem Jürgen sein dürfte. Wie sie das bereitwillig in Kauf genommen hatte.

Mit einer ganzen Liste von Vorsorgeterminen versehen machen sich Lara und Jürgen ausgesprochen vergnügt auf dem Heimweg. Mit Ina und ihrer Familie wollen sie demnächst einmal ein privates Treffen organisieren. Und die Zwillinge freuen sich, dass ihr Geschwisterchen vermutlich zu Anfang der Sommerferien geboren wird.

Die Weihnachtsreise

Die kleine Wohnung in Wismar ermöglicht eine Weihnachtsferienplanung, die gemeinsame Zeit mit allen nahen Verwandten ermöglicht. Heilig Abend nur die vier Reimänner, Erster Feiertag im Hause Hermes, am Zweiten Feiertag Mittagessen und Kaffeetrinken in der Nordheide und noch Weiterfahrt nach Wismar. Dort wollen sie dann bis zum vorletzten Ferientag bleiben, Jürgen hat das mit seinem Chef Gunnar gut abklären können; Überstunden zum Abfeiern hat er genügend.

Schließlich läuft auch alles entsprechend dieser Planung ab. Die Zwillinge genießen es, sich von ihren drei Großmüttern und allerlei lieben Menschen der Generation ihrer Eltern ordentlich beschenken und verwöhnen zu lassen. In Wismar steht allerdings eher die kleine Hannah im Zentrum ihres Interesses. Besonders an dem Tag, an dem der Ehemann der früheren Lehrerin Laras, Lothar Tietz, mit den Eltern zum alten Kapitän Friedrich Brockmöller fährt, haben sie eine Menge Zeit mit der Kleinen. Alle drei Mädchen verbringen diesen langen Nachmittag nämlich bei Großmutti Christa in ihrem gemütlichen Häuschen, die natürlich diese Zeit mit ihren Enkelinnen in vollen Zügen genießt. Ein ungewohntes Glücksgefühl.

Der alte Kapitän ist eine imposante Erscheinung. Fast zwei Meter lang, noch immer, auch mit knapp achtzig Lebensjahren, sichtlich urgesund und spannkräftig. Sein wettergegerbtes Gesicht beweist, dass er auch heute noch viel Zeit im Freien verbringt, wohl auch bei Wind und Wetter. Und seine fröhliche, erheblich kleinere und jüngere Frau ist ihm wohl in jeder Hinsicht ebenbürtig. Brockmöller hat in den vergangenen Wochen, seit Tietz ihn angesprochen hat, intensiv in seinen Erinnerungen gestöbert. Und Einiges kam ganz lebendig wieder.

So begrüßt er die Besucher mit einem intensiven Blick auf Lara, die anderen Besucher sind ihm weniger bedeutsam. Er geht auf Lara zu, nimmt sie herzhaft in die Arme und sagt: „Ich grüße dich, mein kleines süßes Findelkind. Sogar deine Grübchen hast du immer noch. Als du uns von den Männern der Grenzbootbesatzung übergeben wurdest, hat dich unsere Bootsfrau, die kleine Erika Schulte, sofort in trockene Tücher und Decken gepackt, dir einen Brei fabriziert und dich erst mal trinken und essen lassen. Wir hatten sogar Milch an Bord, die sie dir warm gemacht hat. Sie hat dich dann nach der Schicht mit an Land nach Hause genommen und am nächsten Tag der Wismarer Jugendhilfe gebracht. Da habe ich erst begriffen, was das für ein tolles Mädchen ist, und was für eine gute Mutter sie wohl werden dürfte. Die musste die Mutter meiner Kinder werden, da war es mit dem Junggesellen Fritz Brockmöller schlagartig vorbei. So hast du sozusagen an der Entstehung unserer Ehe einen wichtigen Anteil gehabt." Er lacht behaglich.

„Weiterhelfen können wir euch bei eurer Suche nach dem Ablauf der ganzen Geschichte bis zur Adoption leider nicht, aber stocksauer auf die Leute im Stabsquartier Rostock bin ich noch heute. Haben die doch glatt die Anfrage vom Bundesgrenzschutz unterschlagen. Humanitäre Angelegenheiten waren – eigentlich – immer ordentlich abzuarbeiten. Doch eine Sache wissen Erika und ich doch noch. Die Fürsorgerin, der Erika dich übergeben hat, hieß Köhler, Jutta Köhler. Die war zu jener Zeit für Adoptionsvermittlungen zuständig."

Nach Brockmöllers erschöpfender Begrüßungsrede gibt es dann eine behagliche Teerunde mit allerlei köstlich schmeckendem Weihnachtsgebäck. Erika Brockmöller erzählt vergnügt, dass sie damals schon länger ein Auge auf den langen Kapitän geworfen habe, der sei gar kein typischer Soldat gewesen, sondern so lieb und freundlich zur ganzen Schiffsbesatzung. Somit sei sie ihm nach der Findelkindsache eine leichte Beute gewesen.

Zurück in Wismar erfragt Lara dann bei Mutter Christa, ob sie sich an diese Jutta Köhler erinnern könne. „Siehst du, Kind, so kann es gehen. Obwohl ich diese gestrenge Dame noch vor mir sehe, ihren

Namen hatte ich völlig vergessen. Aber vielleicht hilft euch das weiter bei eurer Spurensuche. Ab dem zweiten Januar ist die Stadtverwaltung ja offen, da geht doch einfach mal fragen. Diese Frau Köhler war eine ganz linientreue Staatsdienerin. Schon wie sie sich gekleidet hat, war ein bisschen gruselig. Aber wir hatten doch den Eindruck, für jedes Kind wollte sie das Bestmögliche erreichen."

In dieser Neujahrsnacht 2016/2017 fängt es tatsächlich an zu schneien. Und am zweiten Januar liegt dann auch in Wismar richtig Schnee, dort gar nicht mehr so häufig in den letzten Jahren. Punkt neun Uhr sitzt Lara am Telefon. Sie ruft in der Stadtverwaltung an und lässt sich mit der Adoptionsvermittlungsstelle verbinden. Dort meldet sich mit freundlicher Stimme eine Yvonne Voigt. „Was kann ich für sie tun, Frau Reimann?" Lara erklärt der freundlichen Dame nun den Anlass ihres Anrufes und bietet an, eventuell auch zu ihr zu kommen, wenn das denn sinnreich sei.

„Nein, nein, Frau Reimann, bleiben sie mal schön bei diesem Schnee zu Hause. Ich selbst bin ja nur mit Schwierigkeiten hierhergekommen. Ich will Ihnen aber gerne helfen. Wir haben hier im Haus ein Archiv, in dem auch die ganzen Adoptionen seit tatsächlich 1949 dokumentiert sind und zudem allerlei Schriftwechsel aufbewahrt wird. Die Lara Schubert, die am fünfzehnten April 1987 geboren sein soll, dürfte da in den Akten von 1989 aufzutreiben sein. Das war ja schon im Endstadium der DDR. Wissen sie was? Wenn ich Unterlagen finden konnte, rufe ich sie einfach an.“

Und so wird es dann auch. Am dritten Januar, einem Dienstag, hat tatsächlich Frau Voigt Funde zu berichten. Die zuständige Frau Köhler sei sehr ordentlich gewesen und habe über jede Adoption eine eigene Akte angelegt. Laras Akte sei verblüffend dünn. Sie enthalte einen Brief eines Kapitäns namens Brockmöller und die Kopie einer „Bestätigung der Überstellung eines Findelkindes namens Lara" gegenüber der Grenzbrigade Küste zu Händen der Bootsfrau Erika Schulte. Außerdem eine positive Kurzbeurteilung der Familie Schubert, die schon ein Adoptivkind habe und nicht erneut überprüft werden müsse. Und dann das Wichtigste: Dieses Kind könne auch ohne die Einwilligung eines Elternteils zur Adoption freigegeben werden, weil in absehbarer Zeit kein Elternteil zur Abgabe dieser Erklärung auffindbar sein werde. Ein Aufenthalt könne ja nicht ermittelt werden. In diesem Falle sei also nicht einmal eine gerichtliche Ersetzung der Einwilligung erforderlich, vielmehr falle die Voraussetzung „elterliche Einwilligung" ganz weg. Überhaupt kein Gerichtsbeschluss sei notwendig. Außerdem seien in dieser Akte die Kopien der Adoptionsurkunde und der notwendiger Weise wohl recht freihändig geschaffenen standesamtlichen Geburtsurkunde des Kindes Lara Schubert.

Frau Voigt erfragt, ob sie diese ganzen Unterlagen einscannen und an irgendeine Mailadresse senden soll. Das klappt hervorragend, in ihrer Wohnung hat Lara längst einen entsprechenden Anschluss, und Jürgen hat seinen Laptop ja immer mit. Schließlich möchte Frau Voigt noch etwas loswerden: „Wissen sie, Frau Reimann, mir liegt das Thema Adoption samt der teilweise fast brutalen Besonderheiten der DDR ganz besonders am Herzen. Ich bin nämlich selbst Adoptivkind, von Frau Köhler in meine Familie vermittelt worden und wollte meine eigene Geschichte begreifen lernen. Das hat mich in diese Funktion gebracht und in mir eine Menge Verantwortungsbewusstsein verursacht.

Ich selbst war das Ergebnis der Naivität meiner damals sechzehnjährigen Mutter, die einem vermutlich schwedischen Matrosen zu Willen gewesen ist. Als ich unterwegs war, stand schon fest, das Kind kommt zur Adoption frei. Meine strengen Großeltern wollten das so, und auch darin war meine Mutter naiv und fügsam. Weil sie minderjährig war, ging das alles über Erklärungen ihrer Eltern. Auch ich hatte mit meinen Adoptiveltern Glück. Das sind ein Werftingenieur und seine Frau, die zuerst schon fast vier Jahre kinderlos geblieben waren. Als ich dann adoptiert war, wurde Mutti plötzlich schwanger. Es gab schließlich noch insgesamt drei leibliche Kinder, wir sind eine prächtige Geschwisterschar.

Ich habe hier ganz schnell den Weg zu meiner leiblichen Mutter gefunden. Die lebt heute bei Altschwerin auf einer der komischen Landzungen am Plauer See. Sie ist, als sie erwachsen geworden war, voll durchgestartet, hat ihr strenges Elternhaus verlassen, eine Ausbildung als Tierwirtin gemacht und betreibt mit ihrem Mann eine Fischzucht. Ich habe zwei Halbgeschwister. Und, wie wunderbar, meine beiden Familien haben sich angefreundet."

Da ist es wirklich kein Wunder, dass diese Yvonne Voigt dergestalt hilfsbereit gewesen ist und sich um die Unterlagen aus dem Stadtarchiv bemüht hat. Mutter Christa ist außerordentlich dankbar für alle diese Informationen. Und nach ihrer Rückkehr in die Wesermarsch haben Lara und Jürgen auch dort in der vorigen Generation eine Menge zu berichten. Damit ist die Suche nach den rätselhaften und auch nicht nur menschenfreundlichen Vorgängen von einst zum guten Ende gekommen.

Familienleben

Völlig unbelastet gibt es nun den endgültigen Beginn eines Familienlebens, in dem sich Lara trotz der Tatsache, dass sie nun recht plötzlich die Mutterpflichten für die Zwillinge übernommen hat, ganz gut zurechtfindet. Hat sie zu Erziehungs- und Bildungsvorgängen die eine oder andere Frage, bespricht sie die mit Mutter Gabi, die ja etwa zwei Jahre lang dies alles bei den Mädchen verantwortet hat. Das geschieht aber verblüffend selten, mit den beiden Kindern klappt das Wesentliche recht entspannt. Etwas weniger entspannt erlebt sie einige der Schwangerschaftswochen. Anders als bei Britta seinerzeit verfliegen diese Störungen aber sehr schnell wieder. Monatlich fährt sie zu den Vorsorgeuntersuchungen.

Bereits der Termin im Januar bringt die Überraschung. Auch Lara erwartet Zwillinge. Langsam wird es ihr und Jürgen fast ein bisschen unheimlich, dass sich so viele Umstände ihres

Lebens wie eine Wiederholung des Lebens ihrer Zwillingsschwester Britta anfühlen. Andererseits hat es auch wieder etwas Wunderschönes, Britta, besser gesagt die Erinnerung an sie, bei so vielen Dingen des Lebens intensiv zu beteiligen.

Die praktische oft recht zurückhaltende Anne erklärt zuerst ihrer Schwester, dann aber auch den Erwachsenen, dass sie einen Wunsch hat: die neuen Zwillinge möchten doch bitte Jungs werden. Sie wünsche sich so sehr Brüder. Rieke lacht. „Ist doch völlig egal, ob das Jungs oder Mädels werden. Wir werden uns auf alles einstellen, was kommt. Vielleicht sogar ein Pärchen?" Nach der nächsten Vorsorgeuntersuchung können sie das auch. Die Frauenärztin hat eindeutig auf dem Ultraschallbild feststellen können, Lara ist mit zwei Knäblein schwanger. Anne strahlt.

Die nächste Aufgabe ist nun, sowohl das Haus in der Wesermarsch als auch die Wohnung in Wismar auf diesen kräftigen Familienzuwachs einzurichten.

Zimmer sind im Haus genügend zur Verfügung. Die Mädchen richten sich zuerst mal ihre beiden Mansardenzimmer ganz individuell und nun als Rückzugsorte ein. Die Zeit, in der das sehr sinnvoll sein wird, rückt ja allmählich näher. Mit großem Eifer helfen sie dann dabei, ein drittes Zimmer mit zwei „mitwachsenden" Kinderbettchen auszustatten, die noch aus ihrer Säuglingszeit in sehr gutem Zustand auf dem oberen Dachboden, dem „Kehlboden" über den Mansardenzimmern, gelagert worden sind. Im vierten Zimmer wird vorerst die alte praktische Wickelkommode, die ohnehin dort noch steht, wieder gebrauchsfähig gemacht, und so ein hübsches Babypflegezimmer eingerichtet. Auch das hatte Britta ähnlich.

Jetzt wird es erst einmal spannend. Ob Lara die Zwillingsschwangerschaft und -geburt so locker überstehen wird wie Britta? Sie ist ja nun schon zehn Jahre älter als ihre Schwester zu jener Zeit. Bisher jedenfalls fühlt sie sich wohl, kann ihren Haushalt, allerlei Tätigkeiten im hauseigenen

Gemüsegarten und sogar einige Freizeitaktivitäten bestens erledigen. Eine gute und durch ihre Hebamme begleitete Schwangerschaftsgymnastik hilft dabei.

Weniger angenehm ist, dass sich dieser Frühling fast wie ein Sommer anfühlt. Ab der zweiten Maihälfte fehlt der Regen, und die Mittagshitze macht Lara das Leben mit dem dicken Bauch und den nun spürbaren Bewegungseinschränkungen recht anstrengend. Mutter Gabi meint: „Siehste, das ist nun ganz anders als bei Britta und mir. Unsere Zwillinge sind ja im Frühjahr zur Welt gekommen, ihr beide im April und Brittas Mädels sogar Anfang Februar. Du Arme darfst dich aber nun mit einer Sommerschwangerschaft plagen."

Diese Plagerei hat aber dann am zwölften Juli ein zwar auch anstrengendes aber erfolgreiches Ende. Die Geburt des ersten Zwillings benötigt fast vierundzwanzig Stunden Wehenzeit. Der zweite aber kommt direkt danach, nach dem Urteil der erfahrenen Hebamme eine große Erleichterung für Mutter und Kind. Und gesund sind beide auch, wenn auch – typisch für Zwillinge – ein bisschen zu leicht. Über die Namen der beiden Buben waren sich die Reimänner schon recht schnell einig geworden. Der erste wird nach Gabis erstem Mann, dem verunglückten Zwillingsvater, „Kai" genannt, der zweite nach Jürgens verstorbenem Vater „Frank". Dass dies auch der Vorname von Laras schon länger nicht mehr lebendem Adoptivvater gewesen ist, gibt diesen Entscheidungen noch eine ganz besondere Qualität. Und dieses alles den drei Großmüttern ganz besondere Glücksgefühle.

Aus dem einst aus der rauen Ostsee gefischten Niemandskind ist durch die Adoptiveltern Schubert eine vollwertige „Frau Jemand" geworden. Die zufällige Begegnung mit Jürgen hat ihr schließlich zu einem vollständigen Bild ihrer Person verholfen. Und ihre Ehe mit diesem Mann ihrer verstorbenen Zwillingsschwester beschert ihr ein reiches Familienleben. Besser konnte es nicht geschehen.

Vom selben Autor sind bisher folgende Bücher erschienen:

- Am Außendeich, Geest-Verlag 2020, ISBN 978-3-86685-812-1

- Erben verpflichtet, Geest-Verlag 2021, ISBN 978-3-86685-835-0

- Gelernt zu leiden ohne zu zerbrechen?, Verlag BoD 2021,
  ISBN 978-3-7534-4379-9

- Dorfkristallnacht, 2. Auflage, Verlag BoD 2021,
  ISBN 978-3-7557-3720-9

- Pommerland ist abgebrannt, Verlag BoD 2022,
  ISBN 978-3-7557-0732-5

- Milch und Honig, Verlag BoD 2022, ISBN 978-3-7543-8497-8

- Unbillig, Verlag BoD 2022, ISBN 978-3-7562-3744-9

- Schwei, Verlag BoD 2022, Zusammenfassung einer alten Dorfchronik
  ISBN: 978-3-7568-4437-1

- Die Uhr tickt + Hoffnung schafft's, Verlag BoD 2022,
  Zwei Erzählungen vom Leben behinderter Pflegekinder
  ISBN: 978-3-7568-5637-4

- Alles kommt wieder, Verlag BoD 2023, ISBN 978-3-7578-0124-3

- Lonis Männer, Verlag BoD 2023, ISBN 978-3-7526-4275-9

- Wo der Anker hält…, Verlag BoD 2023, ISBN 978-3-7578-2674-1

- Geheilte Flügel, Verlag BoD 2023, ISBN 978-3-7578-8782-7

- Umdenken tut not, Verlag BoD 2024, ISBN: 978-3-7583-6967-4

- Nach 58 Jahren, Verlag BoD 2024, ISBN: 978-3-7583-7559-0

roos-gerhard-autor.de